GREEN HEART

그린하트

GREEN HEART

1판 1쇄 찍음 2016년 12월 13일
1판 1쇄 펴냄 2016년 12월 22일

지은이 | 미르영
펴낸이 | 정 필
펴낸곳 | 도서출판 **뿔미디어**

기획 · 편집 | 한관희

출판등록 | 2002년 9월 11일 (제081-1-132호)
주소 | 경기도 부천시 원미구 소향로 17번길(두성프라자) 303호 (우) 14544
전화 | (032)651-6513 / 팩스 032)651-6094
E-mail | bbulmedia@hanmail.net
비북스 | http://b-books.co.kr

값 8,000원

ISBN 979-11-315-7616-8 04810
ISBN 979-11-315-7392-1 04810 (세트)

복귀의 시간

5

GREEN HEART

그린 하트

미르영 현대 판타지 장편 소설

CONTENTS

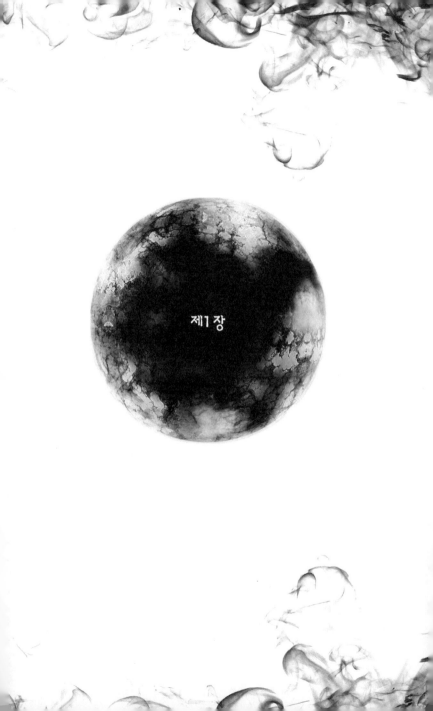

제1장

1

러시아에서 실험체로 있을 때, 한 번 실험이 끝나면 며칠간 휴식이 주어지고는 했다.

휴식이라는 것도 능력 재사용을 위한 에테르 충전에 관한 실험이기는 했지만, 내게는 그런 짧은 여유도 너무 행복한 시간이었다.

그들이 준 휴식 시간에 나는 많은 것을 할 수 있었다.

실험실 밖으로 나가는 자유는 허락되지 않았지만, 좋은 음식에 독서는 물론이고 영화까지 볼 수 있었다.

몽마를 생각하니 그때 휴식 시간에 봤던 어떤 영화가 생각이 났다.

우리가 사는 지구가 상위 차원의 존재가 만든 프로그램이며, 그 존재가 수시로 프로그램 내의 캐릭터에 빙의되어 일탈을 하는 내용이 그려진 영화였다.

'이 세상이 프로그램은 아니지만 비슷할 것이다. 몽마라는 존재는 타인의 영혼을 밀어내고 자신의 의지로 대체할 수 있는 그런 존재일 테니.'

몽마에 대해 어느 정도 감을 잡을 수 있을 것 같다.

인과율 때문에 직접적으로 드러내지는 못하지만 하위 존재의 영혼을 밀어내고 자신의 의지를 채워 넣은 존재인 듯했다.

'무엇을 노리고 있는지 모르지만 네놈 뜻대로는 결코 되지 않을 것이다. 나를 그곳으로 보내는 것이 네놈의 두 번째 실수가 될 테니까. 하탄을 통해 얻은 내 능력이 무엇인지 넌 절대 모를 것이니 말이야.'

하탄 마탑의 탑주가 내게 써준 추천서는 큰 기회를 만들어 줄 것이다.

그곳에 가면 세상의 배후에 있는 자들이 가지고 있는 힘을 얻거나 엿볼 수 있는 기회가 있을 것이다.

'후후후, 설마 그런 능력이 생길 줄이야.'

시간을 거슬러 자신의 실패를 만회하려던 하탄은 한 가지 능력을 얻었다.

자신이 가진 것을 대부분 잃어버려 다시는 시간을 거슬러 올라가지는 못하지만, 흘러가는 시간의 흐름을 조절할 수 있는 능력이 생긴 것이다.

처음에는 거우 몇 분 정도만 시간을 조절할 수 있었지만, 하탄은 여섯 명의 마나 마스터가 남긴 것을 활용해 능력을 키울 수 있었다.

한 세계의 시간을 상대적으로 천천히 흐르도록 할 때 생기는 반발을 다른 세계의 시간이 빠르게 흐르도록 함으로써 균형을 맞추는 방법을 찾아낸 것이다.

물론 그 반대로도 가능하도록 하는 방법 또한 찾아냈다.

한마디로 시간의 흐름을 조절하는 권능을 갖게 된 것이다.

내가 권능이라고 표현하는 것은 그것만으로 끝이 아니기 때문이다.

변이된 시간의 흐름 속에서 세상을 인지하는 것은 어려운 일이다.

특히나 빠르게 흐르는 시간에 속에서는 불가능하다고 할 수 있다.

그렇지만 하탄은 방법을 찾아냈다.

모든 것을 인지하고 받아들일 수 있는 절대적인 인지능력을 가질 수 있는 방법을.

그래서 권능이라고 표현한 것이었다.

여기서는 찰나의 시간이지만 집합 의식의 세계에서는 3년이라는 시간이 흘렀다.

그럼에도 내가 모든 것을 얻을 수 있었던 것은 하탄이 찾아낸 권능 덕분이다.

내가 가지고 있는 기이할 정도로 탁월한 감각이 바로 권능의 원천이다.

원천이 가진 권능을 각성하게 된 것은 이곳에 와서 스카이 드릴과 하탄의 빛을 얻었기 때문이었다.

시간의 흐름을 조절한다는 것은 거의 신에 근접해야 가능한 일이다.

하탄은 자신의 실패를 만회하고도 남을 만한 것을 만들어 낸 것이다.

이곳의 시간 흐름이 지구의 현실보다 느린 것은 나를 위한 안배였다. 내가 시간의 흐름에 대해서 의문을 가져야만 각성할 수 있도록 안배되어 있던 것이다.

그리고 지구의 현실 세계보다 아주 느린 시간의 흐름으로 내게 기회를 주기 위한 것이기도 하다.

지금까지 이곳의 시간 흐름은 마나 폭풍으로 조절이 되었다. 다른 세계와 연결하여 조율하는 것이 되지 않기 때문이다.

한 번의 마나 폭풍이 불면 대략 세 달의 시간이 느려진다.

대신에 다른 세계가 아닌 집합 의식의 세계 속의 시간이 빨라진다.

이제 시간 조절은 내 몫이다.

다른 세계와의 연결점을 찾아낸 후 내가 가지고 있는 에테르를 사용하면 조절이 가능하다.

한 세계의 시간을 천천히 흐르도록 한 후 다른 세계의 시간을 빠르게 하는 것이 가능하다는 것은 굉장한 기회였다.

'기회이기는 하지만 그야말로 한정된 기회이기도 하지.'

내게 귀속된 세계의 수가 일곱 개다. 거기다 창조주의 실험실이었던 브리턴과 지구마저도 내게 귀속이 되다시피 연결이 되었기에 아홉 번만 가능한 일이다. 아홉 번밖에 가능하지 않은 이유는 차원 간 균형이 깨지는 것을 막아야 하기 때문이다.

한 세계의 시간을 조절하면 연관된 세계는 반대의 현상이 일어난다.

직접적인 것이 아니라서 인과율에 영향을 미치지는 않지만 문제가 없는 것은 아니다. 직접 시간의 흐름이 조절된 세계는 연관된 다른 세계의 시간을 조절할 때 영향을 받기 때문에 두 번 다시 하지 못한다.

세균의 공격을 받아 항체가 생긴 인체가 즉각적으로 반응하듯 시간을 다시 직접 조절하면 인과율이 정확히 나에 대한 존재를 인지하게 되고 나는 소멸의 길을 걸을 수밖에 없으니 말이다.

'후후후, 걱정도 팔자군.'

한 번도 큰 기회인데 무려 아홉 번이다. 한마디로 내가 원하는 대로 계획을 꾸밀 수가 있다는 뜻인데, 걱정이 지나쳤던 것 같다.

생각에 잠긴 것이 길었는지 하르탄이 물끄러미 바라보더니 묻는다.

"무슨 생각을 그렇게 하십니까?"

"아닙니다. 마법의 도시라는 센트 싸인에 간다고 하니 조금 흥분이 돼서요."

"그러시겠죠. 제국의 요인들 대부분이 센트 싸인 출신일 정도로 유명한 곳이니까요. 그렇지만 걱정하지 마십시오. 하탄 마탑 지부에서 도움을 드릴 테니 큰 불편은 없으실 겁니다."

"그렇게까지 해주신다니 고맙습니다. 탑주님."

"별말씀을요."

"이제 그만 쉬어야 할 것 같습니다. 떠나려면 준비도 필요하고 말입니다."

"그러십시오. 이제 파티도 거의 끝나가는 것 같으니까요. 자리를 뜨셔도 문제는 없을 겁니다."

하르탄의 말대로 내가 자리를 잠시 비웠기 때문인지 사람들이 하나둘 나와 돌아가고 있었다. 파티가 파장 분위기라 이대로 떠난다고 해도 별다른 일은 없을 것 같다.

"그럼 쉬겠습니다. 하르탄 님, 하가로스 백작님."

"편히 쉬십시오."

"여행을 떠나야 하니 편히 쉬도록 하게."

"그럼."

정중하게 배웅하는 백작과 마탑주에게 나도 인사를 한 후 방으로 돌아갔다.

방으로 들어서자 하르탄을 잠식하고 있는 몽마라는 존재에 신경을 쓴 것 때문에 긴장을 했었는지 피곤이 몰려온다.

침대에 쓰러지듯이 누워 두 눈을 감았다.

"하르탄을 잠식하고 있는 존재에게 나도 모르게 신경을 썼더니 정말 피곤하군."

몽마라는 존재는 사실 그리 두려운 대상은 아니다. 신격을 지닌 존재들도 수두룩하니 말이다.

그리 신경을 쓸 대상도 아닌데 긴장을 한 탓에 조금은 피곤한 하루였다.

"드디어 돌아온 건가?"

"그런가 봅니다, 변함이 없는 것을 보니……."

옐로스톤의 전경을 돌아보며 지구로 다시 귀환한 것을 실감하는 탱크의 말에 유리안이 굳은 얼굴로 답했다.

"걱정이 많은 것 같구나."

"골든 게이트의 수뇌부가 우리의 능력을 파악할 수 있을지도 몰라서 말입니다."

그들은 이제 에테르를 스스로 축적할 수가 있다.

스팟이나 게이트를 넘어가지 않더라도 그것이 가능했다. 때문에 유리안은 걱정이 되지 않을 수 없었다.

골든 게이트에서 채운 족쇄가 완전히 해체된 것이었으니 말이다.

"걱정도 가지가지 한다. 그 사람이 준 것은 나도 처음 보는 인식 방해 장치다. 그것이라면 아무리 골든 게이트라도 우리가 그런 능력을 가진 것을 알아차리지 못할 테니 걱정하지 마라, 유리안."

"그렇지만……."

제레미의 말에도 유리안은 안심이 되지 않았다.

진실한 전력을 알 수 없는 골든 게이트의 신비가 지구로 귀환한 그의 불안감을 자극하고 있었기 때문이다.

"제레미의 말이 맞다. 그가 가진 능력은 결코 골든 게이트의 아래가 아니다. 내 생각이기는 하지만 그의 능력은 어쩌면 골든 게이트나 블리자드를 능가할지도 모른다."

골든 게이트보다 한 수 위로 평가되는 블리자드와 비견되는 평가라니, 유리안으로서는 놀라지 않을 수 없었다.

"대장, 그자를 그렇게까지 높게 평가하시는 겁니까?"

"유리안, 내가 그와 10년을 계약한 것은 이유가 있다. 그가 우리에게 준 것들은 정말 범상치 않은 것들이다. 골든 게이트의 수뇌부도 갖지 못한 것들이지."

"정말인가요?"

"그래. 학살이 있었던 그날, 골든 게이트가 준비해 주었던 장비들은 전부 최고의 것이었다. 상위 계층에서 쓰던 것들이었으니까 말이다. 하지만 그가 우리에게 준 것과 비교를 해보면 정말 하찮다고밖에 표현할 수가 없다."

"그 정도로 뛰어난 것들이라니……."

"장비가 좋은 것은 둘째 문제다. 무엇보다 내 역량으로도 그가 가지고 있는 힘을 제대로 가늠할 수조차 없었다."

"으음. 대장이 그리 생각하신다면 정말 불가사의한 자군요."

"그렇다. 네 말대로 불가사의한 능력을 지닌 자다. 그러니 골든 게이트의 능력이 아무리 뛰어나다고 해도 나는 그가 만들어준 봉인 아이템을 뚫을 수는 없을 것이라고 본다."

"저도 그렇다는 생각이 들기는 하지만……."

"어차피 우리는 골든 게이트를 벗어나려고 했다. 그리고 난 이번이 그 기회라고 생각을 한다. 골든 게이트에서 나온 자가 기다리고 있을 테니 그가 준 봉인 아이템이 실제로 효과가 있을지는 금방 알 수 있을 거다."

"우리가 돌아온 것을 알면 검사를 할 테니 대장 말씀대로 그의 말이 사실인지 금방 알 수 있겠군요. 조금 더 지켜보도록 하겠습니다."

유리안도 수긍을 했다. 탱크의 말대로 이번이 자신들에게 기회가 될 수도 있을 것이라는 생각 때문이었다.

"유리안, 어차피 우리에게는 선택의 여지가 없다. 그자가 제시한 조건이 그다지 어려운 것도 아니고, 현실화된다면 우리에게도 좋은 기회이니까. 물론, 대장님 말씀대로 골든 게이트에서 우리의 상태를 알아내지 못해야 한다는 전제가 붙기는 하지만."

제레미 또한 의견을 같이했다.

게이트 너머에서 만나 샤인 크리스가 말한 대로 된다면 속박에서 벗어날 수 있을 뿐만 아니라 큰 힘을 얻을 수 있기 때문이었다.

"예상대로 기다리고 있던 모양이로군."

갑작스러운 탱크의 말에 두 사람이 동시에 한 곳을 바라보았다. 유리안과 제레미도 다가오는 존재들을 느꼈다. 조금 전까지는 느끼지 못했는데, 익숙한 기운이 느껴지는 존재들이 다가오고 있다.

"그렇군요."

"역시, 지키고 있었나 보군요. 아이언들을 보내다니 수뇌부에서도 관심을 끈 모양입니다, 대장."

"그런 것 같다. 하필이면 아이언이라니."

그들의 모습이 보이는 순간, 골든 게이트의 능력자들 중에서도 손에 꼽힌다는 아이언들임을 탱크 또한 알 수 있었다.

― 침착해라.

― 염려 마십시오.

― 전에도 저 새끼들에게 쫀 적 한 번도 없다는 것 아시잖아요. 그냥 전처럼 대하면 될 것 같아요, 대장.

― 그렇기는 하지, 후후후.

유리안에 이어 담담히 대답을 하는 제레미의 말에 탱크는 빙

굿이 미소를 지었다.

에테르 맵을 얻기 전에도 당당히 대했던 자들이라 제레미의 말처럼 그냥 편안하게 대하면 그만이었다.

"탱크, 복귀한 것인가?"

세 사람 앞에 당도한 스티브가 물었다. 그는 아이언을 이끌고 있는 수장이었다.

"얼마나 걸린 겁니까?"

"너희들이 게이트 너머로 간 뒤 정확히 101일 14시간이 흘렀다."

"꽤나 오래 걸린 것 같군요."

"본부로 가야하는데 괜찮겠나?"

게이트 안에서 벌어진 일을 사사로이 흘리는 것은 골든 게이트의 규율에 위반되는 것이기에 묻지 않는 스티브였다. 그가 받은 명령은 자신들을 골든 게이트까지 호송하는 것뿐임을 짐작할 수 있었다.

"곧장 본부로 가도 별문제는 없을 것 같습니다."

"그럼 곧바로 출발하도록 하지. 알아볼 것이 많다고 하셨으니 가는 동안 정리를 해두게."

"알겠습니다, 스티브."

"저쪽에 헬리콥터가 대기 중이다. 가까운 비행장으로 간 뒤에 곧바로 제트기를 이용해 뉴욕으로 갈 것이다."

"알겠습니다. 가시죠."

탱크의 대답에 스티브가 앞장을 섰다. 세 사람은 조용하게 그의 뒤를 따랐다.

스티브가 나타났던 방향으로 10분 정도 걸어가자, 헬리콥터가 대기 중이었다.

네 사람은 곧바로 헬기에 올라탔고, 뉴욕으로 향하는 제트기가 대기 중인 비행장으로 향했다.

아침 일찍 일어나서 여행을 떠날 준비를 했다.

상가 지역으로 가서 여행에 필요한 식량과 각종 잡화를 산 후, 하탄 마탑에 들러 하르탄이 준비한 마법 용품들도 챙겼다.

직접 챙겨주나 했는데 하르탄 탑주는 마탑에 없었다.

나를 기다리고 있던 마법사로부터 하르탄이 급한 일이 있어 황도로 갔다는 이야기만 들을 수 있을 뿐이었다.

이것저것 준비를 하다 보니 마탑에 들렀을 때는 이미 점심을 먹을 시간이 상당히 지나 있었다.

상가를 돌며 물품을 준비하며 시간이 많이 걸렸는데, 마탑에서의 시간도 만만치 않게 지체가 됐다.

나를 기다리고 있던 이탄이라는 마법사로부터 하르탄이 준비한 마법 용품에 대해 설명을 들어야 했기 때문이다.

설명이 끝난 후 마법사로부터 하르탄의 추천서를 받을 수 있었기에 곧바로 마탑을 나왔다.

어느새 저녁이 되어 있었다.

"일단 영주 성으로 가봐야겠군."

곧바로 영주 성을 향해 갔다.

어제 파티가 있었음에도 불구하고 영주 성은 정숙했다. 성문에 도착한 나는 언질을 받은 것으로 보이는 기사의 안내로 관저 안으로 들어갈 수 있었다.

"어서 오게."

기사의 안내를 받아 집무실로 들어서자 하가로스 백작이 반갑게 나를 맞았다.

"어제도 뵈었는데 너무 반가워하시는 것 같군요."

"하하하, 그런가? 그런데 여행 준비는 잘 되어가고 있나?"

"대충 준비가 끝났습니다. 마탑주님께서 도와주신 덕분에 내일 한 군데만 더 들리고 곧바로 떠나도 될 것 같습니다."

"또 들릴 곳이 있나?"

"그렇습니다. 시간이 조금 남은 것 같아서 대장간에 한 번 들러 볼까 합니다."

"대장간에 가려는 이유가 뭔가?"

하가로스 백작이 궁금한 듯 물었다.

"마나 슈트와 마나 골렘에 대해 궁금해서 한 번 가보려고 합니다. 그리고 필요하다면 구입도 하려고요."

"마나 슈트와 마나 골렘이라면 가격이 꽤 나갈 텐데 무리해서 사는 것이 아닌지 모르겠네."

"그 정도 돈은 저도 있습니다. 그리고 무엇보다 드워프에 대해 궁금해서 말이죠."

"하하하, 드워프를 보고 싶은 모양이군. 우리 하탄에 둥지를 튼 광염의 망치 일족이라면 꽤나 유명한 드워프 일족이니까. 그런데 그들의 성격이 지랄 같은데 괜찮을지 모르겠네."

"괜찮습니다. 어느 정도 이야기를 들은 것도 있고요. 선을 넘지만 않는다면 그냥 참고 넘길 생각입니다. 드워프들에게 인간의 규율을 강요할 수 없으니 말입니다."

"하도르에게 들은 것이 있는 모양이군. 하도르가 그나마 광염의 망치 일족하고 친하니 도움이 될 수 있을 것이네."

하도르와 나 사이에 의논이 있었음을 짐작한 하가로스 백작이 고개를 끄덕인다.

"저도 그렇게 생각하고 있습니다. 하도르님께는 도움을 받기만 하는 것 같아서 죄송한 생각뿐입니다."

"너무 그러지 말게. 하도르도 기꺼이 자네를 돕는 것일 테니 말이야. 그나저나 식당에 식사가 준비되었을 테니 가세."

"알겠습니다."

하가로스 백작을 따라 식당으로 갔다.

귀족의 정찬 코스로 마련된 저녁 식사는 꽤나 먹을 만했다.

수용소에 있을 때는 먹을 수 있는 것이 얼마 없어 조금 먹는 것이 습관이 되었다. 하지만 오늘은 되도록 천천히 오래 씹어서 먹었는데도 불구하고 꽤나 많이 먹었다.

저녁 식사가 끝나고 나자 하가로스 백작은 나에게 서재를 내주었다. 식사하는 동안 부탁한 일이었다.

내일 일정이 정해졌기에 하가로스 백작에게 양해를 구하고 서재로 갔다. 상당히 많은 장서가 비치되어 있는데, 다 보는 데는 그다지 많은 시간이 걸리지 않았다. 한 번 슬쩍 훑어보면 머릿속에 박히듯 이해가 되기 때문이다.

책을 다 읽고 방으로 돌아갔다. 하가로스 백작이 내준 방은 별관에 있었는데, 귀빈을 모시기 위해 특별히 만들어진 스위트룸이었다.

난 방으로 들어서자마자 젠을 호출했다.

— 젠!

— 말씀하십시오.

— 광염의 망치 일족에 대해서 설명을 좀 해봐.

— 알겠습니다. 광염의 망치 일족은 다른 드워프들과는 달리 사막을 기반으로 생활하는 종족입니다. 이들은 사막의 모래에서 필요한 광물을 추출하고, 그것을 이용해 각종 물품을 제작하는 비전을 가지고 있는 자들입니다.

— 광산을 찾기 어려워 추출이라는 방법을 택한 모양이군.

— 그것도 그렇지만 화염의 망치 일족이 사막을 배경으로 살아가는 진정한 이유는 다른 것입니다.

— 다른 이유?

― 광염의 망치 일족은 태양의 마나라는 독특한 마나 맵을 가지고 있기 때문입니다.

　― 젠, 태양의 마나 맵이 뭔지 한 번 설명해봐.

　― 설명을 들으시기 전에 이해를 돕기 위해 몇 가지 드릴 말씀이 있습니다.

　― 말해봐.

　― 드워프들은 각 일족마다 특유의 마나 맵을 가지고 있습니다. 온도가 아주 높은 특별한 화로를 이용해 장비들을 제작하기 때문에 드워프들은 마나를 사용하여 작업장의 열기를 견뎌냅니다. 인간이 운영하는 대장간보다 훨씬 고열의 열기를 내는 화로를 가지고 있기에 마나를 이용해 열기를 제어하지 않으면 작업 자체가 불가능해서 그런 것입니다.

　― 열기를 제어하는 마나 맵이라……

　― 맞습니다. 드워프들이 사용하는 마나는 화로의 열기를 북돋고 견디기 위해 강한 화기를 띠게 되는데, 보통은 이를 화염의 마나라고 부릅니다. 인간들이 사용하는 것과는 다른 방식으로 마나를 사용합니다.

　― 마나를 축적하는 데 화기를 띠게 만들어서 화염의 마나라 부른다는 말이군.

　― 그렇습니다. 드워프들은 화로와 함께 화염의 마나를 이용해 장비를 제작합니다. 그러나 광염의 망치 일족은 다른 드워프들과는 달리 화로를 전혀 사용하지 않습니다.

— 화로를 사용하지 않는다? 그럼 어떻게 장비를 제작하는 거지?

— 그렇습니다. 알려지지 않은 사실이지만 광염의 망치 일족은 화로 대신 다른 것을 이용해 장비를 제작합니다.

— 다른 것이라면 뭐지?

— 그들은 마나 맵을 이용해 만들어낸 마나의 화염으로 장비를 제작합니다.

— 마나를 이용한 화염으로 장비를 제작을 하다니, 재미있군.

— 광염의 일족은 사막에서 특별한 광물들을 뽑아낼 수 있는 기술을 가지고 있습니다. 그렇지만 사막이라는 특성상 하탄 지방에서는 연료를 구하기가 힘들어 만들어낸 방법입니다.

— 탄소 함유량을 높이기 위해 필요한 숯도 구하기 힘들고, 석탄도 나지 않아서 다른 드워프 일족과는 달리 순수한 마나로만 장비를 만들게 된 것이로군.

— 그렇습니다.

개인이 가지고 있는 마나의 양은 한정될 수밖에 없다.

평균 수명이 500년 가까이 되는 드워프라고 할지라도 그것은 변함이 없다.

들어가는 마나의 양도 그렇지만 연료를 구하는 것이 어려운 환경이라 고열을 낼 수 있는 마나 맵이 아니라면 장비를 제작하는 것은 힘들 것 같다는 생각이 들었다.

— 으음, 순수하게 마나로만 제련이나 장비 제작이 가능하다

니 놀라운 일이군. 쉽지 않을 텐데 말이야.

— 맞습니다. 광염의 망치 일족이 익히고 있는 태양의 마나 맵은 다른 드워프 일족이 사용하는 화로보다 열기가 높습니다. 태양보다 뜨거운 열기를 가지고 있다고 해서 그런 이름을 가지게 되었다고 합니다.

— 실제로는 태양과 같은 열기를 내지는 않겠지만 아마도 엄청난 고열을 발생시키는 것이 분명하군.

— 그렇습니다. 미스릴조차 불과 30분이면 완전히 녹아 액체로 변한다고 합니다.

— 굉장하군. 미스릴조차 녹아버리다니 말이야.

— 광염의 망치 일족은 태어나 말을 하기 시작하면서부터 태양의 마나 맵을 익히게 됩니다. 태양의 마나 맵을 운용하게 되면 드워프들의 화로를 훨씬 능가하는 열기를 낼 수가 있습니다.

— 마나 맵을 이용한 것만으로도 그런 열기를 얻을 수 있다니, 정말…….

— 별도의 화로가 필요 없을 정도로 강력한 화기를 얻을 수가 있다는 장점도 있지만, 태양의 마나 맵은 다른 장점도 가지고 있습니다.

— 다른 장점이 뭐지?

— 장비를 제작할 때 필요한 열기를 즉각적으로 조절할 수 있기에 다른 드워프들이 만든 것보다 품질이 몇 배나 뛰어납니다.

— 그럴 수도 있겠군. 미묘한 온도 차이로 품질이 결정되는

것이 금속 제품이니 말이야.

마나 폭풍이 간헐적으로 부는 하탄 지방이다. 이로 인해 출몰하는 몬스터들도 많아서 각종 무기와 장비와 관련한 공방들이 아주 많다.

특별한 몬스터들도 많이 나타나는 터라 장비들의 수준 또한 상당히 높다.

장비나 무기를 제작하는 자신의 손으로 세세하게 열기를 조절할 수 있으니 광염의 망치 일족은 그중에서도 뛰어난 무구를 만들 수 있을 것이다.

― 광염의 망치 일족이 만드는 마나 슈트는 어떻지?

― 무기와 마찬가지로 다른 곳보다 아주 우수하다는 평가를 받고 있습니다.

― 그렇다면 내일 반드시 찾아가 봐야겠군. 마나 폭풍이 불면 반드시 필요할 테니까 말이야.

― 그럼, 마스터께서 실수하지 않도록 내일 광염의 망치 일족의 공방으로 가기 전에 조금 더 정보를 모아보도록 하겠습니다.

― 좋아, 젠. 꼭 필요한 정보니까 최대한 알아봐줘.

― 예, 마스터.

― 그리고 말이야. 다른 것도 준비가 필요해. 우선……

젠을 통해 여러 가지 준비를 했다. 대부분이 필요한 정보를 얻는 것이었다.

하탄이 남겨준 젠을 이용하니 그때그때 필요한 정보들을 얻을 수 있어서 정말 다행이다. 마법 수정구가 원거리 통신의 전부인 세상이라 정보의 교류가 그리 활발하지 않은 곳이라서 젠의 정보 수집 능력은 정말 큰 도움이 되는 것이었다.

진행은 순조로웠다. 제국의 사정이며, 내가 가게 될 아카데미의 상황까지 최신의 정보를 얻을 수 있었다.

'정말 하탄은 위대한 자다. 그가 죽은 지가 언제인데 아직까지 젠이 작동을 하는 것을 보면 말이다.'

젠이 넘겨주는 정보들을 들으면서 많은 것을 느꼈다.

전해 들은 정보들은 하탄이 살았던 그 시대의 것만이 아니었다. 그가 죽은 이후에도 계속해서 정보가 갱신되고 있는 것이 분명했다.

일례로 광염의 망치 일족이 이곳 하탄 지역에 터전을 마련한 것이 600년 전부터다. 반면에 하탄이 생존해 있던 시대는 3,000여 년 전이다.

하탄에 의해 만들어진 젠이 최근의 정보에도 해박한 것을 보면 지속적으로 정보를 얻을 수 있는 방법이 있음이 분명했다.

'어쩌면 이 세계의 인과율에 접속되어 있을 수도 있겠군.'

젠에게 하위 시스템이 존재하지 않는 것을 이미 확인했다. 그럼에도 최신 정보를 제공하는 것을 보면 인과율 시스템과 접속할 수 있음이 분명하다.

'그래, 그럴 확률이 제일 높다. 어떻게 보면 신이나 마찬가지인 마나 마스터가 만든 에고 시스템이니 말이다. 최선을 다해

주의를 기울여야겠군.'

마나 마스터가 사라진 후 갑자기 브리턴 제국이 생겨났다. 그야말로 어느 날 갑자기다.

그들이라고 인과율에 접속하지 말라는 법이 없다. 세계를 넘나들며 실험을 진행하는 자들이 배후에 있으니 말이다.

'밤을 새워 준비를 했지만 그리 피곤하지 않으니 슬슬 나가 보자. 일단은 좀 씻어야 하니.'

젠과 함께 준비를 하다 보니 어느새 날이 밝았다.

하가로스 백작의 아침은 새벽부터 시작이 되니 얼마 있지 않아 아침 식사를 위해 누군가 부르러 올 것이 빤했다.

― 젠, 이제 된 것 같으니 나는 좀 씻으러 갈게. 광염의 망치 일족에 대해서 정리가 되면 식사가 끝난 후에 알려주면 좋겠어.

― 알겠습니다, 마스터.

곧장 욕실로 가서 몸을 씻었다.

시대는 중세인데 방에 딸린 목욕탕의 현대적인 샤워기를 보면서 재미있다는 생각이 들었다.

몸을 씻고 옷을 갈아입자 때마침 시종 중 한 명이 식사가 준비되었음을 알려 왔다.

시종의 안내로 식당으로 간 나는 하가로스 백작 덕분에 정찬으로 차려진 아침 식사를 먹을 수 있었다.

"백작님 덕분에 호강을 했습니다."

"별말을 다 하는군. 식사가 마음에 들었는지 모르겠네."

"아주 좋았습니다. 꼭 집에서 먹는 것 같더군요."

간단하게 차려진 것 같지만 세심한 정성이 들어 있는 아침 식사를 했기에 감사 표시를 했다.

"하하하, 스텔라가 아주 기뻐하겠군."

"어쩐지, 백작 부인께서 손수 준비하신 것이군요."

"그렇다네. 오늘 떠난다고 하니 어제 저녁부터 주방장을 닦달해 준비를 한 모양이네."

"그러시지 않으셔도 됐을 텐데, 너무 고맙군요."

"아니네. 스텔라도 자네에 대해 관심이 깊네. 깊은 속사정은 모르지만 말이야."

하가로스 백작이 손사래를 치며 생각을 말했다.

"그렇군요. 앞으로도 그러셨으면 좋겠습니다. 백작 부인이 아셔봐야 위험해질 뿐이니 말입니다."

"잘 알고 있으니 걱정 말게."

마탑주가 어떤 이인지 잘 아는 하가로스 백작이기에 내가 한 말뜻을 알아들은 모양이다.

백작 부인이 우리의 일에 대해 알게 되면 위험해질 뿐이다. 마탑주의 머릿속을 차지한 존재가 그리 호락호락하지 않으니.

"그럼, 저는 이만 가보도록 하겠습니다."

"그렇게 하게. 이렇게 보내는 것이 아쉽기는 하지만 알려져서 좋을 것이 없으니 말이야."

"예, 그럼."

인사를 하고 식당을 나섰다.

관저 밖으로 나와 곧바로 영주 성을 벗어났다.

들어올 때와는 달리 영주 성을 나서는 길은 정문을 통하지 않았다. 공간 이동을 통해 광염의 망치 일족이 거주하고 있는 지역으로 곧바로 갔다.

얼굴도 변형시켰으니 내가 영주 성을 벗어났다는 것이 알려지는 것은 시간이 조금 지난 뒤일 것이다.

'저기로군.'

하탄 마탑의 수석 마법사이자 마탑주를 감시하는 임무를 맡고 있는 하도르 알킴이 알려준 곳이 눈에 보였다.

공간 이동을 해온 이곳의 좌표도 하도르가 알려준 곳으로, 목적지가 한눈에 보이는 곳이었다.

높이가 3미터를 간신히 넘을 것 같은 건물들이 밀집해 있는 거주 지역에서 유난히 두드러지게 높은 건물이 있었다.

그래봐야 5미터 정도 되는 곳이기는 하지만, 광염의 망치 일족의 수장인 하켄드가 머물고 있는 족장의 거처였다.

거리에는 인적이 하나도 없고, 건물들에서 느껴지는 기척은 족장의 거처밖에는 없었다.

'다들 어디 간 건가? 일단 족장의 거처로 가보자.'

거리를 가로질러 족장의 거처로 갔다.

'자신감이 충만한 종족이라고 했었지 아마?'

장인의 종족이기도 하지만 전투의 종족이라고도 불리는 이들이 바로 드워프다. 자신감 때문인지 족장의 집으로 들어가는 입구에는 문이 달려 있지 않았다.

입구를 통해 안으로 들어가자 후끈한 열기가 가득했다.

광염의 망치 일족이 거주하는 공간이 하탄 성 내에서도 사막과 가장 가까운 북문 근처에 있다고는 하지만, 그로 인한 열기는 아니었다.

'장비를 제작 중이었던 모양이군.'

검이나 무구 같은 것을 만들면 열기가 한 점에 집중되는데 비해, 약간 넓게 퍼져 있는 것을 느낄 수 있었다.

태양의 마나 맵의 특성상 열기가 퍼지는 것을 막을 수 없다고 했으니 장비를 제작하고 있는 것이 틀림없어 보였다.

'점점 열기가 옅어지는 것을 봐서는 이제 막바지에 이른 것 같으니 기다리도록 하자.'

장비를 제작 중인 것 같기에 방해가 되지 않기 위해 조용히 기다렸다.

하도르가 나에 대해 이야기를 해두었다고 하니 조금만 기다리면 제작실에서 밖으로 나올 터였다.

'끝났군.'

얼마 지나지 않아 퍼져 나오던 열기가 가라앉기 시작했다. 장비 제작이 끝난 모양이었다.

집으로 들어올 때와는 달리 제작실 입구에는 문이 달려 있었다. 무턱대고 들어가 볼 수는 없으니 입구를 주시하며 하켄드가 나오기를 기다렸다.

얼마 있지 않아 문이 열리며 땅딸만 한 키에 근육질의 다부진 몸집을 가진 이가 문을 열고 나왔다.

"어린 녀석이 보냈나 보군."

나에 대해 들었던 모양이다. 눈가에 이채를 보이기는 했지만 그 외에는 별다른 반응을 보이지 않는다.

"처음 뵙겠습니다. 샤인 크리스라고 합니다."

"하켄드라고 한다. 알고 왔을 테지만 광염의 망치 일족을 이끄는 족장이 바로 나다."

"말씀은 많이 들었습니다."

"으음, 하도르가 나에 대해 시시콜콜하게 나불댔던 모양이로군."

"그건 아닙니다. 위대한 장인이라는 것과 뛰어난 무구가 족장님의 손을 거쳐 빛을 봤다는 이야기가 전부였습니다."

"후후후, 그런가? 따라오도록 해라."

아부가 먹힌 것인지 웃음을 보인 하켄드는 발걸음을 돌려 제작실 안으로 들어갔다. 나도 그가 안에서 무엇을 했는지 궁금하기에 안으로 따라 들어갔다.

'대단하군.'

제작실 안에는 금형처럼 생긴 금속 구조물이 있었다.

그리고 방금 전에 제작을 마친 듯 금형처럼 생긴 구조물 안에 전신 갑옷 한 벌이 들어 있었다.

"저것이 하도르가 나에게 부탁한 물건이다."

"제 마나 슈트인 겁니까?"

"그래, 하도르를 통해 네가 준 것들을 분석한 후에 우리 일족이 가진 최고의 기술을 적용해 만들었다. 체형도 보내준 치수대로 맞추었으니 옷을 입은 것처럼 맞을 것이다."

탱크 일행에게서 받은 슈트를 하도르에게 주었다. 물론 기능적인 면은 모두 설명해 주었다.

그러고는 하도르가 내가 준 것을 가지고 광염의 망치 일족에게 제작을 부탁했는데, 이렇게 빨리 끝내다니 놀라운 일이었다.

"그런 것 같습니다. 아주 잘빠진 것 같군요."

"제작을 하기는 했지만 그래도 혹시 모르는 일이다. 사용할 당사자가 마음에 들어야 하니까 한번 살펴봐라. 하자는 질색이니까."

"알겠습니다."

하켄드의 말대로 확인해 볼 필요는 있었다.

ㅡ 젠, 스캔해 봐.

내 시야가 미치는 곳에 있는 터라 젠이 빠르게 마나 슈트를 스캔하게 했다.

ㅡ 알겠습니다, 마스터.

젠이 슈트를 검사했다. 내가 요구한 것이 제대로 적용이 되었는지 한참을 살폈다.

ㅡ 전에 마스터께서 하도르 알킴에게 주었던 슈트의 기능들

대부분의 성능이 향상되었고, 그 이외에도 많은 것이 개선되었습니다.

— 그래, 각각의 개선율은 얼마나 되는지 설명해봐.

— 마나 전도율은 두 배, 방어력 다섯 배, 무기 강화율이 열 배입니다. 마나 탄 발사 속도는 세 배 개선되었고, 감지 거리는 일곱 배가 확장되었습니다. 나머지도 최저 두 배에서 최고 열 배까지 성능이 개선되었습니다.

— 장인의 종족이라고 하더니 정말 대단하군.

— 제가 봐도 대단한 종족입니다. 시간이 많이 없었을 텐데도 이 정도까지 개선을 하다니 정말 놀랍습니다.

— 그 짧은 시간에 적용된 기술들을 모두 적용해 마나 슈트를 만들다니, 광염의 일족에 대해 다시 생각을 해봐야겠군.

— 그렇습니다, 마스터. 이들의 마음을 얻을 수 있다면 큰 도움이 될 것 같습니다.

— 맞는 소리다.

하도르를 통해 하켄드가 본 것은 이곳의 기술이 아니라 지구의 것이다. 그럼에도 완벽하게 구현해 냈을 뿐만 아니라 업그레이드까지 했다.

젠의 말대로 광염의 망치 일족과 친해져서 나쁠 것이 없었다.

"아주 좋군요. 성능까지 개선시켜 주셔서 고맙습니다."

"아니다. 덕분에 새로운 기술들을 익힐 수 있어서 아주 좋았다. 조금 놀랍기도 하고 말이야. 혹시, 마나 슈트에 적용된 기술들은 하탄님께서 남기신 건가?"

"그렇습니다."

"그토록 오래전에 이런 기술들을 완성하셨다니… 정말 위대한 분이 아닐 수 없다."

"맞습니다. 정말 위대한 업적을 남긴 분이죠. 드래곤들도 한수 접어줄 정도였다고 합니다. 그렇지만 그분이 남긴 것들을 제대로 구현해 낸 족장님도 정말 대단한 분인 것 같습니다."

"맞는 말이야. 저 마나 슈트를 전부 가동시킬 수 있는 마나만가지고 있다면 드래곤이라도 때려잡을 수 있을 것이다. 그런데마나 슈트에 적용된 것 말고 하탄님이 남기신 다른 것은 없나?"

하켄드가 은근한 눈빛으로 묻는다.

"있기는 합니다만……."

"으음, 예상한 대로 다른 기술들이 있었군. 좋아, 그렇다면나와 계약을 할 생각은 없나?"

"계약이요?"

"하탄님께서 남기신 기술들을 준다면 앞으로 100년 동안 광염의 망치 일족이 자네에게 봉사한다는 계약 말이다."

"글쎄요?"

"역시 인간이로군. 100년이면 그리 짧은 시간도 아닐 텐데말이야."

"그것이 아닙니다. 기간을 정하는 것이 마음에 들지 않아서그렇습니다."

"기간을 정하는 것이 마음에 들지 않는다고?"

꽤나 좋은 제안이었다고 생각하는데 예상과는 다른 대답이 튀어나와서 그런지 하켄드가 당황했다.

"그렇습니다. 그리고 하탄님께서 남기신 기술들은 무상으로 내놓도록 하겠습니다. 어차피 저로서는 구현할 능력도 없고, 이 세계를 위해 알려져야 할 것들이니 말입니다. 그저 구현이 끝난 것들을 저에게 한 개 정도만 주시면 됩니다."

"우리에게 너무나 유리한 조건이군."

상당히 파격적인 조건이라 고심하는 눈빛이다.

"어차피 저도 최고의 장인들이 만든 것을 가지게 되니 손해는 아닌 일입니다."

"흐음, 그럴 수야 없지. 엄청난 기술들을 받는데 공짜라는 것은 광염의 망치 일족이 행할 바가 아니니 말이다. 좋다, 내가 살아 있는 동안은 너와 우리 광염의 망치 일족은 친구다."

"친구요?"

"그래, 친구."

— 마스터, 드워프 일족의 친구는 무엇이든지 부탁할 수 있고, 그들은 부탁이 무엇이 되었든 들어줄 것입니다. 형제나 다름없는 것이 드워프의 친구니 말입니다.

젠이 설명을 해주었다.

"좋습니다, 친구라면. 친구가 된 기념으로 이해하고 있는 기술들을 전부 넘겨 드리기로 하지요. 아직 해석이 끝나지 않은 것은 차차 알려드리도록 하겠습니다."

"지금 당장 말인가?"

"그렇습니다. 저기 의자에 앉으십시오."

"그러지."

하켄드가 제작실 한 쪽에 있는 의자에 앉았다. 나는 그에게로 다가가서 이마에 손을 얹었다.

"위험한 일은 아니니 마음 편하게 앉아만 계십시오."

"알았다."

이마에 손을 얹고 내가 알고 있는 기술들을 하켄드의 기억으로 옮겼다.

하탄이 남긴 것 중에 해석된 것뿐만이 아니라, 회귀 전에 나를 통해 시험되었던 최신의 기술들이 하켄드의 뇌리에 저장되었다.

"끝났습니다."

"놀랍군. 이런 기술들이 존재하다니 말이야."

하켄드의 표정이 시시각각으로 변하고 있다. 그의 기억에 자리 잡고 있는 기술들이 그를 흥분하게 하는 모양이다.

"마음에 드십니까?"

"마음에 들다마다. 자네는 이제부터 광염의 망치 일족의 친구네. 내가 살아 있든 그렇지 않든 말이야."

하켄드의 말투가 바뀌었다. 호의가 가득한 말투로 말이다.

"친구로 여겨주신다니 고맙습니다."

"이런 선물을 받았으니 나도 가만히 있을 수 없지. 잠시만 기다리게."

하켄드는 곧장 자리에서 일어나 망치와 정을 들었다. 푸르스름한 빛이 맺혀 있는 것을 보면 예사로운 것들이 아니었다.

하켄드는 정과 망치를 들고는 금형 틀 같은 곳에 놓여 있는 마나 슈트 쪽으로 다가갔다.

하켄드는 망치로 정을 두들겨 마나 슈트 위에 뭔가를 새기는 작업을 시작했다.

티티티티티티틱!

망치가 분주해지고 마나 슈트 위로 뭔가가 그려지기 시작했다. 크고 작은 원형의 마법진이 고리처럼 엮여져 마나 슈트 위에 모습을 드러냈다.

'대단하다. 하나하나 새기는 것이 아니라 심상으로 그려낸 마법진을 한 번의 망치질로 단번에 찍어내는 것이로군.'

손톱만 한 마법진에서부터 주먹 정도의 마법진까지 다양한 크기의 마법진이 망치 한 방에 새겨지고 있었기에 놀라지 않을 수 없었다.

구경을 하다 보니 망치질이 어느새 멈춰져 있었다. 마나 슈트 위에는 마법진이 가득했다.

하켄드는 한쪽으로 가서 레버 하나를 당겼다.

지이이잉!

금형 틀이 뒤로 물러나고 하켄드는 다시 망치질을 시작했다.

마나 슈트 뒤쪽에도 마법진을 새길 모양이다.

티티티티티틱!

예상대로 마나 슈트 뒤쪽에도 마법진이 새겨졌다. 마법진을 다 새긴 하켄드는 이번에는 다른 레버를 당겼다. 그러자 작업실 바닥이 갈라지며 뭔가가 천천히 솟아올랐다.

그것은 일곱 가지 색깔의 찬란한 보석들이었다.

하켄드는 보석들을 마나 슈트의 여러 부분에 끼우기 시작했다. 마나 슈트 위에 마법진을 새기면서 만들어 둔 홈들에 보석들이 전부 끼워졌다.

머리와 심장, 배꼽 아래, 그리고 사지에 하나씩 모두 일곱 개가 끼워졌다.

"휴우, 대충 끝났군. 이제 마무리를 해야 하니 자네 피 한 방울만 주겠나?"

한숨을 쉰 하켄드는 나를 보며 피를 요구했다. 각인하는 과정이라는 것을 알기에 궁금증을 참고 따르기로 했다.

"어디에다가 바르면 됩니까?"

"이마에 박아둔 보석위에 바르면 되네."

"알겠습니다."

하켄드의 말대로 손가락을 이마에 박힌 보석 위에 댔다. 그리고 의지를 일으켜 피 한 방울을 손가락 위로 솟아나게 했다.

녹색의 피를 보여줄 수는 없으니 말이다.

손가락에 맺힌 피가 보석 안으로 빨려 들어가는 것을 느낀 후 곧바로 손을 뗐다.

빨주노초파남보.

일곱 빛의 무지개가 마나 슈트에 걸렸다.

아니다.

눈에는 보이지 않지만 일곱 가지 색만이 아니다.

적색과 자주색의 바깥의 범위에 어린 두 가지 가시광선이 주변에 어려 있다.

일명 적외선과 자외선!

하켄드가 도대체 마나 슈트에 무슨 짓을 한 것인지 모르겠다.

인간이 인식하고 있는 모든 빛이 마법진과 함께 나타나다니 말이다.

제2장

마나 슈트의 변화가 너무 놀라워 하켄드를 바라보았다.

덥수룩한 수염을 가진 그의 눈동자가 심하게 떨리는 것을 보니 상당히 놀란 듯 보였다.

"이것이 무슨 조화입니까?"

"나도 모른다."

모른다니, 정말 황당한 답변이다.

"정말 모르신다는 말입니까?"

"지금 내가 자네의 마나 슈트에 새긴 것은 오래 전부터 우리 일족에게 내려오는 것이네."

"대대로 전해져 내려오는 것인데도 모르신다는 겁니까?"

"그렇네. 마법진을 새기는 방법과 각인시키는 방법만 알 뿐, 저 마법진들이 무슨 역할을 하는지는 모르네."

어떤 역할을 하는지도 모르고 만드는 방법만 전해져 오다니, 이상한 일이었다.

"이제부터 저 마나 슈트는 자네의 것이니, 구워 먹든, 삶아 먹든 알아서 하면 되네."

"마나 슈트에서 흘러나오는 것과 주변에 떠도는 마나의 양으로 봐서는 굉장히 중요한 것 같은데, 어째서 이걸 저에게 주시는 겁니까?"

"그것 또한 내 뜻이 아닐세. 저것을 자네에게 주는 이유는 유언 때문이네."

"유언이요?"

"광염의 망치 일족의 첫 번째 친구가 된 이에게 만들어 주라는 선조의 유언이 있었네."

"선조의 유언이라는 것은 알겠습니다. 그런데 제가 광염의 망치 일족의 첫 번째 친구라는 말씀입니까?"

"그렇다네. 사실 우리는 사막을 찾아 떠도는 부족이네. 우리가 원하는 광물들이 사막에 있기 때문이지. 그 때문에 다른 종족 중에는 일족이 인정하는 친구가 없었다네. 다들 우리를 이용하거나, 배척하기에 바빴으니 말이야."

"그렇다고는 해도 단순히 기술을 전해주었다는 것만으로 친구가 되었다니 이상한 일이군요."

"후후후, 그리 놀랄 것 없네. 선조의 유언대로 한 것뿐이니 말이야."

"유언이라고 하시는데, 그 유언이 도대체 뭡니까?"

"유언의 내용은 자세히 알려줄 수가 없지만, 자네를 친구로 인정한 것은 자네가 내게 전해준 기술들 때문이네."

"제가 족장님에게 알려드린 지식 때문에요?"

"그렇다네. 자네가 알려준 기술들 중에 선조께서 말씀해 주신 것들이 있었네."

"으음……."

"그렇게 고민할 필요가 없네. 선조가 남긴 유언에 따르면 영원한 친구가 우리에게 기술들을 전해주게 될 것이라고 했네. 우리가 잃어버린 것들을 말이야."

내가 전해준 것들 중에 광염의 망치 일족이 잃어버린 기술이 있었다니, 정말 놀라운 일이다.

그렇지만 족장이 말하는 기술은 하탄이 남긴 것들은 아닐 것이다. 이곳에는 하탄이 남긴 여러 가지 기술이 있는데 그것에는 별다른 흥미를 느끼지 못하는 것 같으니.

그렇다면 내가 알고 있는 지구의 기술들이 분명하다. 지금 시대와 회귀 전에 내가 알고 있는 기술들.

혼란한 가운데 머릿속을 정리하니 하켄드가 다시금 말을 잇는다.

"저 마나 슈트에 적용된 것들도 잃어버린 기술들 중에 있는 것들이네. 그렇지 않으면 자네가 우리에게 넘겨준 것보다 나은 것을 만들어 낼 수 없었을 것이네."

"그렇다고는 해도……."

"후후후, 저기 보이는 금형 틀이 보이나?"

"예."

"저것도 마찬가지 기술이네."

"저 금형 틀 말씀입니까?"

"자네가 나에게 알려준 기술 중에서 3D 프린터라는 것의 최종판이 바로 저것이라네."

"3D 프린터의 최종판이라니……."

"유언을 남기신 선조께서 사용하시던 것 중에 유일하게 지금까지 전해지는 것이네. 우리는 저것을 만능 상자라고 부른다네. 재료만 있다면 의지만으로 장비를 만들 수 있으니 말이야. 우리가 화로를 쓰지 않게 된 것도 저것 때문이지."

"정말 기가 막히는군요."

광염의 망치 일족이 어째서 사막을 전전하는지 알 것만 같다. 저것이 3D 프린터와 같은 것이라면, 입자 형태의 광물을 얻기가 쉬워서였을 것이다.

"선조의 유언대로라면 자네는 아마 할 일이 있을 것이네. 그것도 천지가 개벽할 정도로 큰일이 말이야. 우리 또한 선조가 안배한 일이 있네. 자네가 기술들을 전해주었으니 우리도 지금부터 그 안배에 따라 움직여야 하네."

"안배요?"

"우리 일족은 이곳 하탄에서 자취를 감출 걸세. 그리고 때가 되면 자네의 일에 합류하게 될 것이네."

"으음, 안배가 벌써 시작된 모양이군요."

"맞네. 지금 이곳에는 자네와 나밖에는 없네. 나도 저 마나 슈트를 자네에게 주고 곧 떠날 것이니 말이야."

광염의 망치 일족이 거주하는 지역에 왔을 때 생각보다 인원이 없는 것이 의아했는데, 벌써 떠나고 없다니 무척이나 빠른 조치다.

"뭔가 있는 거군요?"

"더 이상은 묻지 말게. 그러니 자네도 어서 마나 슈트를 가지고 이곳을 떠나게. 시간이 별로 없으니 말이야."

"알겠습니다."

"소환 해제라고 말해보게."

"소환 해제!"

하켄드의 말대로 했더니 마나 슈트에 빛이 어리더니 꺼지듯 사라져 버렸다.

— 마스터, 아공간이 생기고 마나 슈트가 수납되었습니다.

— 알고 있다.

젠의 보고처럼 내가 가지고 있는 아공간과는 별도로 아공간이 생긴 후 마나 슈트가 수납되었다.

"이제는 다시 소환이라고 해보게."

"소환!"

말이 끝남과 동시에 마나 슈트가 소환됐다.

재미있는 것은 탱크 일행의 슈트나 내가 방금 전에 보았던 것과는 다른 형태로 소환이 되었다는 것이다.

소환된 마나 슈트는 피부는 물론 머리카락 한 올 한 올까지 코팅하듯 내 몸을 감싸고 있었다.

"이런 식으로 소환되다니, 재미있군요."

"지금처럼 몸에 흡착되어 있다가 자네의 의지대로 변형이 가능하네. 주요 기능은 대부분 알 것이고, 나머지 기능은 나도 잘 모르니 자네가 직접 알아봐야 할 것이네."

"알겠습니다."

대답이 끝나자 하켄드가 만능 상자라 부르는 금형 틀로 가더니 손을 댔다.

차르르르르르르!

작은 소음과 함께 만능 상자가 변형을 일으켰다. 그러고는 점점 크기가 줄어들더니 망치의 모양으로 변했다.

"이제 내 할 일은 다 끝난 것 같으니 그만 가봐야할 것 같네."

"예, 조심해서 가십시오."

"자네도 조심하게. 감시의 눈이 번득이는 곳이니 말이야."

"염려하지 마십시오."

팟!

대답과 동시에 하켄드의 모습이 사라졌다. 공간 이동을 통해 모종의 장소로 이동을 한 것이다.

"지운다고 지운 것 같지만 아직 에테르가 남아 있군."

이곳에 남아 있는 대지의 기억과 공간 이동의 흔적인 마나의 잔향은 지운 것 같지만, 아직도 남아 있는 것이 있다.

바로 마나의 근본이라고 할 수 있는 에테르 에너지의 흔적이 너무도 선명히 남았다.

— 젠, 추적이 가능하지?

— 예, 이미 이동한 장소를 알아냈습니다.

— 그러면 멈추지는 말고 계속해서 추적을 하고, 이곳에 남아 있는 에테르의 자취는 지워 버려.

— 알겠습니다. 마스터께서 떠나시면 나머지도 곧바로 지우도록 하겠습니다.

— 알았어.

곧장 하켄드의 거처를 나섰다.

젠은 내 지시에 따라 흔적을 전부 지웠다. 하켄드의 거처뿐만이 아니라 광염의 망치 일족이 살았던 지역에 있던 흔적까지 전부 지워 버렸다.

이미 여행할 준비는 모두 끝냈기에 북문으로 갔다.

북문에 가까이 가자 경비대장인 베라한이 있는 것을 볼 수 있었다.

내 모습을 발견한 것인지 그가 가까이 다가왔다.

"이제 떠나시는 겁니까?"

"네, 센트 싸인까지 시간을 맞춰서 가려면 길을 서둘러야 할 것 같아서 말입니다."

"가시는 길이 험하기는 하지만 샤인 님이라면 별문제가 없을 겁니다. 다만 사막 몬스터들은 다른 지역보다 강력한 놈들이 많으니 조심하시기 바랍니다."

"걱정해 주셔서 고맙습니다."

"안녕히 가십시오. 다시 볼 날을 고대하고 있겠습니다."

"저도 같은 마음입니다."

"문을 열어라."

베라한의 지시에 성문이 열렸다. 성문 전체는 아니고 사람이 드나들 만한 작은 입구가 경비병들에 의해 열렸다.

"그럼."

베라한에게 목례를 한 후 성을 나섰다.

몬스터들을 저지하기 위해 심어진 과수들이 빼곡한 곳을 지나니 다른 문들이 있는 곳과는 달리 초지가 펼쳐져 있다.

초원 지대를 네 시간가량 걷자 초지가 점점 사라지더니 사막이 보이기 시작했다.

'백색 사막이라······.'

사막의 모래들이 씻어 놓은 쌀처럼 흰색이다.

입자가 아주 고운 흰모래들은 이미 태양 빛을 받아 뜨거운 열기를 간직하고 있었다.

— 따라오는 자들은 없나?

― 반경 50킬로미터 내에는 현재 인기척은 없습니다.

― 그렇군. 이만 출발하도록 하자.

혹시라도 감시의 눈길이 있을 것 같아 조금 빠른 걸음으로 걸어오는 길이었다.

감시가 없으니 이제부터는 본래의 힘을 내서 가야할 때다.

파파파팟!

빠르게 속도를 내기 시작했다.

사막이라 푹푹 빠지는 모래였지만 달리는 것은 지장이 없었다. 한 줌도 되지 않게 몸무게를 줄이니 빠질 염려도 없었다.

황실 마탑으로 돌아온 베토스는 황제의 숙부이기는 하지만 마탑주로서의 역할도 있기에 부랴부랴 자신의 일부터 처리했다.

베토스는 일이 끝나자 곧바로 마탑의 최상부에 있는 현자의 방으로 올라갔다.

마탑주의 집무실과는 달리 오직 마탑주만이 드나들 수 있는 현자의 방은 많은 비밀을 간직하고 있는 곳이었다.

현자의 방 앞에 선 베토스는 자신의 손을 입구에 나 있는 곳에 집어넣었다.

지이이잉.

철컥!

묘한 기계음과 함께 입구가 열렸다.

안으로 들어서자 제법 긴 통로가 나타났다.

전체가 유리로 되어 있는 터라 베토스의 모습이 여기저기 비치고 있어 무척이나 기괴한 통로였다.

통로 끝 쪽에서 옥색의 빛이 뻗어 나와 베토스의 두 눈을 비췄다. 눈이 부실 만도 하건만 베토스는 두 눈을 감지 않았다.

빛이 사라지자 베토스는 천천히 발걸음을 옮겼다.

그가 걸음을 걷기 시작하자 통로의 거울들이 각도를 바꿔가며 그의 모습을 비쳤다.

철컥!

통로 끝에 서자 가로막고 있던 문이 열렸다.

베토스는 자신의 몸가짐을 한 번 살펴본 후 조심스럽게 문 안으로 들어갔다.

사방이 하얗게 빛나는 방 안에는 검은 색의 원탁이 있었다. 그리고 그 원탁에는 흐릿한 존재들이 앉아 있었다.

각자 다른 색의 빛으로 감싸인 존재는 모두 일곱이었다.

빛으로 감싸인 존재들은 진실한 면목을 확인할 수는 없었지만, 강한 위세가 흘러나오고 있었다.

황실 마탑주인 베토스가 초라하게 보일 정도로 강한 기세가 그들의 주변을 감싸고 있었다.

"미천한 종이 세상을 주관하시는 신위들을 뵈옵니다."

베토스는 자신이 취할 수 있는 가장 경건한 자세로 무릎을 꿇은 후, 원탁에 둘러앉은 기이한 존재들을 향해 인사했다.

— 차원이 열렸다고 들었다. 원인이 무엇인지는 확인을 한 것이냐?

붉은색의 빛으로 감싸인 존재로부터 흘러나온 텔레파시가 베토스에게 전해졌다.

"하탄으로 가서 차원이 열린 사실과 차원 에너지를 얻은 자를 확인했습니다. 위대한 존재들이시여."

— 후후후, 탐지기가 쓸모가 있던 모양이로군. 그래, 차원에너지를 얻은 자를 확보했느냐?

"용서하십시오."

— 실패한 모양이로구나.

"그렇습니다."

— 황제의 숙부이자, 황실 마탑주가 실패를 했다니 놀랍군. 뭔가 네가 감당할 수 없는 일이 벌어진 것 같구나.

"그렇습니다. 차원을 연 자는 샤인 크리스라고 하는 자입니다. 그래서 신병을 확보할 수 없었습니다."

— 샤인 크리스?

붉은빛의 존재가 놀람을 드러냈다.

"그렇습니다. 위대하신 존재시여."

— 샤인 크리스라면 내가 생각하는 곳의 사람이 맞는 것이냐?

"그렇습니다. 차원 문을 연 샤인 크리스는 크리스 가의 당대

가주였습니다."

— 재미있군. 크리스 가의 가주라…….

"그자가 가지고 있는 황제의 인장을 확인해보니 크리스 가의 가주가 맞았습니다."

— 지금은 권력에서 배제되어 유명무실할 텐데, 황실 마탑주의 권위로도 그를 제어할 수 없었던 것이냐?

"샤인 크리스는 크리스 가의 가주가 어떤 위치인지 확실히 알고 있었습니다. 보고 있는 눈이 많았던 터라 저로서도 어쩔 수가 없었습니다. 초대 황제의 유지를 어기는 것이니 말입니다."

— 그렇겠군. 브리턴이 유일하게 인정한 곳이 바로 크리스 가였으니까 말이야. 사라진 줄 알았는데 지금에서야 나타나니, 정말 흥미로운 일이로군.

말과는 달리 텔레파시로 들리는 목소리에는 노기가 담겨 있었다.

부르르르!

베토스는 머릿속으로 밀려드는 노기에 몸을 떨었다.

— 그래, 그자에 대한 감시는 계속하고 있는 것이냐?

베토스를 압박하던 노기가 한순간에 사라지더니 다시 텔레파시가 들려왔다.

"놈의 파장을 확인하고 탐지기로 계속해서 감시를 하고 있는 중입니다."

― 감지기에서 벗어날 가능성은 없는 것이냐?

"대륙 전체를 커버하는 터라 어디로 움직이든 손바닥 안에 있으니 걱정하지 마십시오."

― 놈의 위치를 항상 확인해라. 차원 에너지를 얻었으니 대륙에 큰 영향을 끼칠지도 모른다.

"명심하겠습니다."

― 이만 나가보도록 해라.

"이만 물러가겠습니다."

베토스는 꿇었던 무릎을 일으켜 세운 후 뒷걸음질로 현자의 방을 나섰다.

탁!

베토스가 나간 후 문이 닫히고 공간이 변하기 시작했다.

조금 전에 베토스가 들어온 문이 사라지고, 하얗던 공간이 어둠에 휩싸였다.

빛에 감싸여 일렁이던 존재들도 사라져 버렸다.

베토스가 있던 공간이 완전히 다른 곳으로 바뀐 것 같은 느낌이었다.

그러나 모든 것이 완전히 어둠으로 뒤덮이며 사라져 버린 후에도 베토스를 압박하던 기세들은 사라지지 않고 있었다.

"크리스의 잔재는 예전에 모두 처리한 것으로 아는데?"

낯선 목소리가 공간 안에 울려 퍼졌다. 베토스의 뇌리를 울리던 바로 그 목소리였다.

"당신도 알고 있다시피 당시에 확실히 처리했소."

화가 난 것 같은 목소리를 타박하듯 다른 목소리가 묵직하게 튀어나왔다.

"그런데 어찌 그의 후손이 나타난 것이오?"

"크리스를 브리턴으로 보낸 후 나뿐만이 아니라 다른 세 곳도 함께 움직여 철저하게 크리스의 뿌리를 잘랐소. 그에 대한 것은 다른 분들도 충분히 알고 있으니 어떻게 된 일인지 알아보는 것이 순서라고 보오."

날선 질문에도 불구하고 두 번째 목소리는 차분하게 대응했다. 너무나도 담담한 반응에 첫 번째 목소리가 신경질적으로 말을 이었다.

"대부분의 계획이 끝나가고 있는 중이라는 것을 모두가 알 것이오. 하지만 우리의 계획 중에 틀어진 것도 있소. 북한이 벌인 일로 인해 골치가 아픈데 다른 변수는 더 이상 용납을 할 수가 없는 상황이라는 것을 잘 알고 있을 것이오."

"북한 쪽은 어느 정도 가닥을 잡은 것으로 아는데, 또 다른 변수가 발생한 것이오?"

꼬투리를 잡았다는 듯이 두 번째 목소리에는 추궁이 깃들어 있었다.

"북한을 장악하고 있는 놈들의 전력이 만만치 않을 뿐이지 다른 변수는 없소. 그것도 조만간 해결이 될 것이니 관심을 끊어도 될 것이오."

"알겠소. 하지만 실수가 없어야 할 것이오."

"내 걱정은 하지 말고 크리스 가의 가주란 놈에 대해서나 완벽을 기하시오. 가짜이든 아니든 놈에 대해서는 전에 맡았던 곳에서 확실히 처리하기를 바라오."

"걱정하지 마시오. 그놈이 크리스 가와 연관이 있든 없든 이번에는 확실히 처리할 것이니 말이오. 그러니 그리 흥분하지 않아도 될 것이오."

"알았소. 당신을 비롯한 네 곳에서 확실히 처리할 것이라 믿고, 나는 북한의 일을 해결하는데 주력할 것이오. 다시 한 번 말하지만 다른 변수는 절대 없어야 할 것이오."

"알겠소."

"염려하지 마시오. 우리도 이번에는 전력을 다할 것이니."

두 번째 목소리 주인공에게 힘을 실어 주려는 듯 다른 목소리가 튀어나왔다.

"믿고 있겠소. 그럼 회의는 이것으로 마칠까 하오."

"알았소."

모든 목소리가 사라졌다.

어둠으로 물든 공간이 조금씩 작아지더니 작은 점으로 변해 버렸다.

다중의 차원을 연결하던 미지의 공간이 자신의 임무를 다하고 사라진 것이었다.

현자의 방을 나선 베토스는 굳은 얼굴로 자신의 방으로 내려왔다.

　각종 마법진으로 도배를 하고, 가문의 특별한 결계로 완성한 마탑주의 방은 그 어느 곳보다 안전한 곳이었다.

　'그때 마나라는 것이 하탄이 준비한 안배라는 것을 조금만 일찍 알아챘어도 이런 치욕은 겪지 않아도 되었을 텐데…….'

　브리턴 가가 이쪽 세계로 건너온 후 모든 것이 순조로웠다. 하탄의 세계를 점령하는 것은 정말 손쉬운 일이었다.

　인과율을 대리하던 주인이 사라진 세계였다.

　브리턴 가와 크리스 가가 동시에 진출한 탓에 대적할 만한 존재도 없었다.

　'이 세계를 정복하는 것은 정말 순식간이었지. 본 가와 크리스 가는 승리에 너무 취해 있었다. 머무는 시간이 지날수록 에테르가 변해가는 것도 모르고 말이야.'

　기회라고 생각했건만, 그것은 다른 가문들의 비열한 술수에 지나지 않았다.

　정복을 끝낸 후 어느 날부터 두 가문의 사람들은 에테르를 제대로 축적할 수가 없었다. 가지고 있던 에테르가 변형을 일으킨 탓이었다.

　이 세계의 주인이 사라지기 전에 남겨둔 마나라는 지독한 안배에 의해 브리턴 가와 크리스 가는 실질적인 힘을 모두 잃어야 했다.

'본 가의 선조들이 알아차렸을 때는 에테르가 마나로 변화해 버린 후라 너무 늦어버린 뒤였다. 에테르를 변화시켜 버리는 거 대한 힘이 인과율과 엮여졌기에 손을 쓸 수도 없었지. 모두가 놈들이 정보를 감춘 탓이었지. 그렇지 않다면……'

가장 강대한 세력을 가지고 있던 크리스 가와 브리턴 가였지만, 이 세계에 대한 정보는 거의 없었다.

지구에 남은 일곱 가문이 이런 사실들을 이미 알고 있었음에도 아무런 정보를 제공하지 않았기 때문이다.

눈과 귀가 가려진 두 가문은 일곱 가문이 만들어 둔 함정에 속수무책으로 걸릴 수밖에 없었다. 처음에는 아무런 이상도 느낄 수가 없었던 탓이었다.

세월이 흘러 두 가문의 실질적인 힘이 점차 축소됐고, 무력의 차이가 드러나자 다른 가문들이 이빨을 드러냈다.

세상을 주관하던 아홉 가문 중 두 가문이 나락으로 떨어져 버린 것이다.

끝까지 저항을 하던 크리스 가는 멸문을 당했고, 브리턴 가는 복속을 대가로 살아남을 수 있었다.

식민지를 관리하는 하수인이라는 신분으로 말이다. 브리턴 가로서는 치욕이 아닐 수 없는 일이었다.

'선조들의 한순간 실수 때문에 지금은 이런 신세지만, 조만간 벗어날 수 있을 것이다. 그러니 그때까지는 숨을 죽여야 한다. 힘을 기를 수 있는 방법도 알게 되었으니 이런 치욕 정도야 몇 번이라도 상관없다.'

먼 옛날 동등한 존재였던 자들에게 부림을 받는 존재로 전락했지만 브리턴 가는 아직 죽은 것이 아니었다.

자신이 브리턴 가의 가주인 황제가 될 수 있었음에도 지고한 황위를 버리고 마탑으로 들어간 까닭도 이런 치욕을 씻기 위해서였다.

치욕을 곱씹던 베토스는 자리에 앉아 조용히 명상에 잠긴 후 자신을 중심으로 주변에 기운을 퍼트렸다.

'마탑 주변을 미세하게 맴도는 차원 에너지를 보아하니 아직 회의가 끝난 것이 아니로군, 어째서…….'

평소라면 곧바로 사라졌을 이들이 계속해서 머물고 있는 것을 보니 이상한 생각이 들었다.

'아무것도 아닌 척했지만 역시나 크리스 가의 가주가 나타난 것 때문일 것이다. 차원을 넘나들며 무소불위의 능력을 발휘하는 놈들이라고 해도 크리스 가라면 치를 떨 만도 하지.'

차원을 넘어 존재하는 그들에게 있어 크리스 가는 한 때 공포의 대상이었다.

이 세계를 점령할 때 브리턴 가와 함께 세계를 휩쓴 가문이 바로 크리스 가였기 때문이다.

전해지는 이야기이기는 하지만 크리스 가가 가진 무력은 상상을 초월한 것이었다.

조금 전에 현자의 방에서 자신을 짓누르던 존재들의 가문들마저 억압할 수 있는 강력한 전력을 보유했던 곳이 바로 크리스 가였으니 말이다.

하탄의 세계에 대한 정보를 전하지 않은 것도 자신들이 아니라 크리스 가를 없애기 위한 것일지 모른다는 것이 브리턴 가 사람들의 생각이었다.

사라진 줄로만 알았던 크리스 가의 가주라는 자가 갑자기 나타났으니 회의가 길어질 만도 했다.

더군다나 서로 간에 알력이 있는 만큼 사실 여부를 떠나 어떻게 처리할지 의견이 분분할 터였다.

'어쩌면 이번 일이 기회일 수도 있다. 놈들의 신경이 샤인 크리스라는 놈에게 분산된 틈을 타서 가문에서 잃어버린 힘을 되찾을 수 있을지도 모르니까 말이야.'

그동안 치욕을 겪으면서도 묵묵히 참아왔다. 샤인 크리스를 통해 기회를 잡을 수 있다는 생각에 베토스의 몸이 떨렸다.

'놈들이 이미 알고 있으니 차원 에너지에 미련을 가져봤자 소용없는 일이다. 기세로 봤을 때 적어도 마스터급은 되어 보였으니 그놈을 이용해 시선을 분산시키는 것이 지금으로서는 최선이다.'

샤인 크리스를 제어해 차원 에너지를 얻을 수 있었다면 보다 빨리 기회를 잡을 수 있을 테지만 미련 없이 포기했다.

마스터급이라면 정말 크리스 가의 가주일 확률이 높으니 최대한 이용하는 것이 여러모로 좋았다.

'놈들의 관심이 크리스 가의 가주라는 놈에게 쏠리게 만들기만 하면 된다. 그동안 준비한 자들 중에 가문의 손길이 닿지 않는 자들이 샤인 크리스라는 놈과 합류하게 된다면 놈들도 눈에 불을 키고 달려들 것이다.'

가문이 준비한 전력 중에 일부 희생이 불가피하지만 별 상관은 없다.

샤인 크리스와 연결시킬 전력은 없어도 그만인 자들로 구성되어 있기 때문이다. 가문과 연결된 자만 사라지면 완벽하게 흔적을 지울 수 있을 터였다.

'시도해 보자. 하탄이 남긴 것을 얻어 잘만 활용한다면 본 가를 함정에 몰아넣은 놈들을 응징할 수 있을 테니까.'

자신이 노리고 있는 것을 얻게 된다면 에테르의 변형인 마나를 이용해 예전의 무력을 되찾을 수 있음은 물론이고, 고향으로 돌아갈 수도 있었다.

세계의 변화가 시작되고 난 후 처음으로 기회가 생겼다. 베토스로서는 크리스 가에 시선이 분산된 지금이 천재일우의 기회였다.

베토스는 입술을 깨물며 명상에서 깨어났다.

감시가 느슨해지는 틈을 타서 계획을 실행하기 위해서였다.

날이 어두워지기 시작했다. 어두워지기 무섭게 기온이 내려가고 있었다.

　'사막에서는 밤에 동사할 수 있다고도 하더니 상당히 추워지는군.'

　사물을 인식하는 것이 낮과 다름없으니 밤이기는 하지만 길을 재촉하는 것은 어렵지 않은 일이다.

　온도가 떨어진다고 해도 별다른 영향을 받지 않지만, 감각을 자극하는 미세한 느낌에 아공간에서 야영할 장비들을 꺼냈다.

　사구의 아래쪽이라 바람의 영향을 받지 않는 곳에서 야영할 준비를 했다.

　모래 속으로 파고 들어가 공간을 만들어 텐트를 치고, 앞에다가는 모닥불을 피웠다.

　준비한 조리 도구들과 재료를 이용해 음식을 만들었다.

　수용소에 있을 무렵 식당 주방장으로부터 음식 만드는 법을 배웠던 덕분에 얼마 지나지 않아 몇 가지 먹을 만한 것들을 만들어낼 수 있었다.

　음식을 만들면서 감각을 자극하는 느낌에 집중했다. 그것은 먹으면서도 마찬가지였다.

　음식이 무슨 맛인지 느끼지 못할 정도로 감각에 집중할 수밖에 없는 이유가 있다. 내 감각을 자극하고 있는 것은 이 세계의 것이 아니었다.

그것은 아주 익숙하면서도 많이 겪어본 것이었다.

바로 지구의 에테르였다.

'결계를 치고 에테르가 밖으로 빠져나가지 못하게 하고 있지만 이렇게 느껴지는 것을 보면……'

결계 내부에서 강력한 에테르가 발생하고 있는 것이 분명했다. 베토스라는 황실 마탑주의 능력을 봤을 때 최고의 결계가 쳐져 있을 것은 분명했다.

그럼에도 이정도로 흘러나온다는 것은 차원이 열리지 않는 한 발생할 수 없는 일이었다.

'무슨 일이 있는 것 같은데… 어디!'

남아 있는 음식을 한입에 쓸어 넣은 후 아예 자세를 잡고 감각에 집중했다.

베토스의 의지가 담긴 파장을 찾기 위해 집중했다.

'찾았다.'

다행히 결계 밖으로 벗어났는지 베토스의 파장이 읽혀졌다.

'전에 내가 심어 넣은 것이라면 충분히 의지를 읽을 수 있을 것이다.'

하탄으로 베토스가 왔을 때 내가 크리스 가의 가주라는 사실을 확인시켜 주면서 한 가지 안배를 했다.

분노로 흔들린 베토스의 의식 속에 내 의지의 일부를 심어둔 것이다.

'정말 천운이었지.'

그의 경지가 8서클밖에 되지 않아 완벽하게 안배를 할 수 있어 다행이었다. 베토스가 9서클이라면 절대로 성공할 수 없던 안배다.

세상과 소통하는 경지이기에 자신의 의지와 반하는 것이라면 곧바로 알아차릴 수도 있었을 테니까 말이다.

'반응을 하는지 일단 확인을 해봐야겠군.'

내 의지의 일부분이라 생각이 일자 곧바로 감응했다.

'되는구나, 후후후.'

이제 베토스는 일종의 중계기나 다름없는 상태다. 그의 의식 이면에 달라붙어 완벽하게 한 짝이 되었기에 스스로도 알아차릴 수 없이 자신의 생각을 전하는 중계기.

'으음.'

베토스가 하고 있는 생각들이 하나둘 전해져 온다.

베토스의 생각 속에 떠오르는 정보를 읽을수록 정말이지 분노감이 치밀어 오른다.

'역시, 그런 건가?'

들어오는 정보를 통해 브리턴 제국이 어떻게 세워진 것인지 알 수가 있었다.

'순식간에 제국을 세울 수 있던 이면에 초월의 존재들이 있었다니……'

사실 하탄이 남긴 것과 젠을 통해 얻은 정보를 분석하며 하탄 제국이 사라진 이후에 나타난 브리턴 제국에 대해 의심을 품었다.

생각했던 대로 브리턴 제국은 이 세계에 있던 존재들이 건국한 것이 아니었다.

브리턴 제국을 건국한 브리턴 가문과 크리스 가문이 본래 지구에 있었던 이들이라니, 정말 놀랍기만 하다.

더군다나 그들이 다른 가문들의 음모에 의해 하탄의 세계로 넘어온 것에는 경악을 금할 수 없었다.

'그나저나 8서클이나 되는 베토스도 절절맬 정도라면 놈들이 최소한 초월자라는 건데 말이야.'

크리스 가문을 단절시키고, 제국의 황제가 될 뻔한 존재를 한 손에 움켜쥘 수 있는 존재는 그리 많지 않다. 스승님이나 아버지가 말씀해 주신 초월자 말고는 말이다.

게다가 차원을 넘어 의지를 전하는 것을 보면 놈들은 초월자가 분명했다.

'분명히 지구에 있는 존재들이다. 그렇지만 지구에 초월자가 나타난 것은 세계대전들이 일어났던 시기다. 시기적으로 일치하지가 않는데……'

브리턴 가와 크리스 가는 지구에서 넘어온 존재들이다.

그런데 그들이 넘어온 시기는 이곳 시간으로 최소한 3,000년 전이다.

아무리 계산을 해도 시간이 맞지 않는다.

— 젠, 시간의 괴리가 발생한 건가? 어쩌면 나처럼 시간의 흐름을 조절할 수도 있고 말이야.

— 시간의 흐름을 조정하는 것은 아닌 것 같고, 아무래도 시간의 괴리가 있는 것 같습니다. 마스터.

— 시간의 흐름이 조절된 것이 아니라는 것을 어떻게 확신하는 거지?

— 하탄 님께서는 저를 시간의 기준점으로 만들었습니다. 그후 제가 존재하는 동안 시간은 변형 없이 흘러왔습니다. 제가 틀리지 않았다면 브리턴 제국이 이곳에 존재했던 시간은 3,000년이 맞습니다.

— 젠이 그렇게 확신을 한다면 시간의 흐름 자체가 지구와는 다르다는 것이로군.

— 그렇습니다. 시간의 흐름이 다르다는 것은 확실하지만 지금은 신뢰할 만한 것이 못됩니다. 마스터께서 저에게 전해주신 정보를 토대로 분석해 볼 때 시간의 흐름이 점점 지구와 같아지는 것 같으니까요.

— 그럴 수도 있겠군. 그 존재들이 저렇게 나타나 브리턴 제국을 조정하는 것이 그동안 한 달에 한두 번 정도였는데, 지금은 거의 매일 연락을 해오는 것을 보면 말이야.

베토스의 의식 속에 남아 있는 정보대로라면 지난 3,000년 동안 한 달에 한 번이나 두 번 정도 연락을 해오는 것이 다였다.

초월자가 나타난 시점을 기준으로 지구에서 매일 연락을 취한다고 가정할 때, 100년에 가까운 시간이다.

시간의 흐름이 30배의 차이가 난다고 한다면 앞뒤가 맞는다.

지구의 하루가 여기의 한 달, 그리고 100여년의 시간이라면 3,000년이 된다.

— 시간의 괴리가 있기는 하지만 내 예상이 맞는다면 브리턴 제국을 배후에서 조종하고 있는 자들은 세계 대전 당시에 나타났다는 신화의 속의 존재들일 가능성이 아주 높다.

— 마스터께서 생각하시는 것이 맞을 확률이 87.5퍼센트에 가깝습니다.

— 후후후, 재미있군. 하탄이 했던 일로 인해 차원 간의 경계가 무너진 이후에 초월자들은 매일 이곳 브리턴의 일들을 체크하고 있던 모양이야⋯ 젠!

— 예, 마스터.

— 이곳과 지구의 시간 흐름이 어떻게 다른지 정확히 체크할 수 있어?

— 지금은 곤란하지만 제가 지구로 넘어간다면 충분히 가능합니다.

— 젠, 지금 뭐라고 했지?

— 지구로 넘어가면 가능하다고 말씀을 드렸습니다.

— 지구로 넘어가는 것이 가능한 거야?

지구에서 이곳으로 넘어오는 것은 내 의식뿐이다. 지구로 귀환할 때도 마찬가지였다.

그동안 의식만 넘나들 뿐, 각 세계의 것들이 게이트를 넘은 적은 없었다.

그런데 실체가 넘어갈 수 있다니, 믿을 수 없는 이야기였다.

─ 가능합니다. 마스터께서는 현재 이 세계의 마나 마스터입니다. 차원을 여는 열쇠인 스카이 드릴을 가지고 계시니 이곳에 존재하는 모든 물질은 마스터의 의지에 따라 경계를 넘는 것이 가능합니다. 단 하나를 제외하면 말입니다.

─ 그것이 뭐지?

─ 지금 소유하고 계시는 마스터의 육신입니다. 영체, 즉 의식의 둥지인 본신이 지구에 있어서 이곳에 존재하는 신체는 넘어갈 수 없는 상태입니다. 하지만 그 외에 다른 것들은 충분히 가능합니다.

─ 내 육신을 제외하는 모든 것이 가능하다는 말이지?

─ 예, 마스터.

재미있는 사실을 알았다.

내 몸을 제외한 모든 것을 게이트 너머 지구로 가져갈 수 있다니.

─ 그럼 조만간 한 번 넘어가 봐야겠군.

─ 기대하고 있겠습니다, 마스터.

탱크 일행을 지구로 돌려보냈듯이 나도 언제든지 지구로 갈 수 있는 상황이다. 하탄이 남긴 방법이 있으니 말이다.

그러나 지금 당장은 지구로 갈 수 없다. 이곳의 일을 끝내야 했다.

— 그런데 베토스란 자가 나에게 보낼 자들은 언제쯤 만날 수 있을까?

— 아무리 황실 마탑의 주인이라고 해도 지금으로서는 마스터의 행적을 알기는 어려울 겁니다. 확실한 것은 도착하는 시간뿐이니 아마도 그곳에 갔을 때쯤 베토스가 보낸 자들과 조우할 수 있을 것 같습니다.

— 그렇겠지. 그러면 시간이 조금은 있겠군.

— 그렇습니다. 그곳을 둘러보실 시간은 충분하실 겁니다.

— 알았어. 일단 좀 쉬고 내일 일찍 정상으로 올라가 보자.

— 예, 마스터. 그러면 경계를 위해 마법 결계를 치겠습니다. 안녕히 주무십시오.

— 고마워, 젠.

젠이 주변 1킬로미터 반경에 마법 결계를 치는 것을 느끼며 배낭 속에 몸을 뉘였다.

'별이 참 밝군.'

배낭에 누워서 바라보니 밤하늘이 온통 별천지다.

'지구의 평행 차원이라 별자리도 같은 건가?'

내가 알고 있는 별자리와 완전히 같은 별자리가 밤하늘에 보였다.

눈앞에 보이는 별들의 잔치를 바라보며 이곳이 지구와 평행 차원이라는 것을 다시 한 번 느낄 수 있었다.

'창조주의 실험실이라는 지구와 분기를 통해 평행 차원으로 발전한 이곳이 완전히 같지는 않을 것이다. 이제부터가 정말 중요할 것이다. 내가 어떻게 하느냐에 따라 모든 것이 달라질 테니.'

생각이 많아지니 잠이 오지 않는다.

젠도 그것을 느낀 듯 육체를 최적화 상태로 유지하는데 힘을 쓰고 있는 중이다.

— *고마워, 젠.*

— *아닙니다, 마스터.*

— *이왕 이렇게 된 거 별이나 구경할 테니 젠은 쉬고 있어.*

— *아닙니다, 마스터.*

— *후후후, 알았어.*

한동안 하릴없이 별만 바라보았다.

'정말 장관이구나.'

눈앞에 무한한 우주가 펼쳐져 있다. 지구와는 달리 오염이 되지 않은 곳이라서 그런지 아주 먼 곳까지 잘 보인다.

'재미있군.'

내 감각이 아주 특별해서 그런지 집중하면 아주 먼 우주의 별도 가까이 보인다. 천체망원경을 수백 배 넘어서는 것 같다.

'응?'

시야에 뭔가 스치고 지나갔다. 뭔가가 아주 빠른 속도로 지나쳐 간 것이다.

시야를 앞으로 당겼다. 내 눈앞을 스치고 지나간 것의 궤적을 따라 시야를 돌렸다.

'분명히 인공 구조물이다.'

눈의 결정처럼 생긴 마름모꼴의 구조물이 궤도를 따라 빠르게 움직이고 있는 중이다.

절대 자연적인 것이 아닌 인공의 구조물이었다.

'어쩌면 인공위성일 수도 있다. 아니면 마법으로 만들어진 구조물일 수도 있고. 벌써 지나갔군.'

엄청나 속도라 벌써 시야에서 벗어나 버렸다. 지평선 너머로 사라져 버려 더 이상 관찰할 수 없었다.

— 젠! 봤지? 내 시야에 들어온 것이 뭐라고 생각해?

— 현재로서는 파악이 불가능한 구조물입니다.

— 어떻게 저런 것이 있을 수 있지?

— 정보가 부족합니다. 그렇지만 창조주가 생존해 있었을 때는 없었던 것이라는 것만큼은 확실합니다.

— 하탄이 소멸한 이후에 생겨난 것이라는 말이로군.

— 그렇습니다, 마스터.

— 계속해서 추적하도록 해. 속도로 봤을 때 하루에 열두 번 정도 같은 위치를 지나가는 것 같으니 말이야.

— 주시하고 있도록 하겠습니다만, 제 감지 범위를 벗어난 곳에 위치해 있어서 많은 정보를 얻을 수는 없을 것 같습니다.

— 최대한 노력해 봐. 필요하다면 내 감각을 전부 사용하도록 해. 허락할 테니 말이야.

— 마스터께서 승인을 해 주신다면 충분히 감시할 수가 있을 것 같습니다.

— 알았어. 최대한 정보를 수집해.

눈앞을 스쳐지나가던 구조물에 대한 감시를 젠에게 맡겼다.

'이곳에 와서 예상을 벗어나는 일들이 많이 생기는구나. 차원을 넘나드는 초월자의 흔적도 찾고, 인공위성 같은 구조물도 보이고……. 도대체 하탄이 벌인 일로 인해서 무슨 일이 일어난 것인지 모르겠다. 구조물이 중심부를 지나면서 잠깐 멈추는 것 같으니 내일 그곳으로 가면 뭔가 나올지도…….'

하탄 지방을 떠나 내가 가려고 하는 목적지는 두 곳이다.

최종 목적지는 브리턴 최고의 마법 도시라는 센트 싸인에 있는 아카데미지만 중간에 한 곳을 들릴 예정이었다.

바로 대륙의 4대 금지 중 하나인 스카이 스크래퍼다.

저 멀리 보이는 거대한 고원이 바로 스카이 스크래퍼다.

거대한 덩치로 지평선을 따라 누워 있는 스카이 스크래퍼는 내가 반드시 가봐야 할 곳이라고 젠이 말했다.

마나 마스터인 하탄도 미처 밝혀내지 못한 비밀을 간직한 곳이라고 말이다.

조금 전에 봤던 인공위성처럼 보이는 인공 구조물은 내가 가보려고 하는 스카이 스크래퍼와 분명히 연관이 있다.

그리고 내 운명과도 강하게 연결된 것 같은 느낌이다.

'여명이 터오고 있으니 바로 출발을 해야겠군.'

마음이 조급해진다.

제3장

3

자리를 곧바로 털고 일어나 꺼내 놨던 장비들을 모두 아공간에 담았다.

— 마스터, 지금 출발하시는 겁니까?

— 그래, 아무래도 안 되겠어. 아까 구조물의 궤도가 정확하게 스카이 스크래퍼를 일직선으로 지나가는 것도 그렇고, 잘못 본 것인지는 모르지만 상공에 잠깐 멈추는 것 같아서 말이야.

— 지나가는 속도를 계산해 보면 확실히 그렇기는 한 것 같습니다만.

젠이 확신하지 못하는 것이 이상하기는 하지만, 알아차리기는 한 모양이다.

─ 가는 동안 또다시 지나갈 테니 확실하게 확인을 해봐. 멈추는지 말이야.

─ 알겠습니다.

─ 출발한다.

곧바로 발걸음을 놀렸다.

파파파팟!

마음이 급했기에 최대한 속도를 냈다. 세상의 전경이 뒤로 빠르게 지나간다.

스카이 스크래퍼 밑으로 가는 동안 젠으로부터 내 말처럼 궤도가 정확하게 일직선이고, 3초 정도 정지를 한다는 이야기를 들을 수 있었다.

역시나 내가 본 것이 맞았다.

속도를 더욱 냈다. 예정대로라면 대략 이틀이 걸릴 여정을 단 두 시간 만에 주파해 스카이 스크래퍼가 보이는 곳에 도착할 수 있었다.

그만큼 마음이 조급했다.

'후우, 정말 대단하군.'

달리는 것을 멈추고 나니 정말 거대하다고밖에는 표현하지 못할 고원이 눈앞에 펼쳐져 있다. 스카이 스크래퍼다.

─ 정말 크군요, 마스터.

─ 그래, 보기만 해도 기가 질린다.

폭 400킬로미터, 길이 2,000킬로미터에 이르는 거대한 고원

분지를 일직선으로 가른다는 것은 의미가 있는 것이 분명했기에 젠도 흥분을 한 것 같았다.

'아직도 더 가야 하니 서두르자.'

이제 겨우 스카이 스크래퍼가 보이는 곳에 도착했을 뿐이다. 최대 속도로 세 시간은 더 가야 할 거리다.

— 간다.

— 예, 마스터.

파파파파팟!

전력은 아니지만 최대한 빨리 달렸다.

세 시간을 조금 넘게 달려 목적지에 도착한 후 속도를 줄였다.

올라가기 전에 조금이라도 정보를 얻어야 했기 때문이다.

— 정말 높군.

— 스카이 스크래퍼는 대륙의 지붕이라 불리는 곳이니까요.

— 그렇게 불려도 손색이 없는 곳이긴 하네.

스카이 스크래퍼는 브리턴 제국의 동부 중앙에 위치한 고원지대로, 젠의 말처럼 대륙의 지붕이라 불리는 곳이다.

내가 처음으로 접속한 화이트 헤드는 신성의 영역이라 사람들의 인식 속에서 빗겨난 존재다. 젠도 마찬가지로 인식하지 못하고 있는 것 같다.

반면 스카이 스크래퍼는 아주 유명한 곳이다.

하늘과 최초로 맞닿은 곳이라 하여 땅의 끝이라고도 불릴 정도로 매우 높고 험준했다.

워낙 험준하기에 옛날부터 드래곤이 살았다는 전설이 전해지는 곳이기도 하다.

그저 이야기뿐만이 아니라, 사실일지도 모를 흔적들이 많이 남아 있기도 하다.

드래곤이 브레스를 뿜어서 생겼을 만한 흔적들이 심심치 않게 발견되는 곳이니 말이다.

실제로 드래곤을 보았다는 사람은 없지만, 이런 흔적들로 인해 사람들은 이곳을 드래곤의 땅이라고도 부르기도 한다.

스카이 스크래퍼는 대륙에서는 보기 힘든 것을 많이 볼 수 있는 곳이기도 하다.

웅장한 산세로 인해 수많은 동식물이 살아가기에 가히 자연의 보고라 할 만한 곳이었다.

하지만 이런 유명세에도 불구하고 스카이 스크래퍼의 정상을 밟았다는 이들은 손에 꼽을 정도로, 거의 없다고 해도 과언이 아니다.

─ 사람이 접근하기가 정말 힘든 곳이로군.

─ 그렇습니다. 정상을 둘러싸고 있는 절벽의 높이가 거의 2,000미터에 달하니 말입니다. 더군다나 산 정상 부위에는 거대하고 흉폭한 놈들이 득시글거리니까요.

지금 내가 올라온 곳까지가 인간의 발길이 허용된 지역이다. 그렇지만 시야가 닿는 절벽부터는 아니다. 그곳은 그야말로 위험한 것들뿐이다.

사실 스카이 스크래퍼의 정상은 브리턴 대륙에 사는 이라면 절대 들어가서는 안 되는 4대 금지 중 하나다.

금지로 정해진 이유는 워낙 지형이 높아 산소가 부족해 사람이 견디기 어려운 환경인 것은 물론, 고원 지역을 빼고는 거의 수직 절벽으로 이루어진 산세의 험준함이 큰 역할을 했다.

그리고 그와는 별도로 고원 정상에 도사리고 있는 수많은 위험 때문이기도 했다.

그중에 하나가 대륙의 일반 지역에서는 듣도 보도 못한 수많은 몬스터들이다.

오우거나 트롤이 하위 개체에 속할 만큼 고원 지역 정상에 살고 있는 몬스터들의 면모는 정말 무시무시했다.

오우거 바로 위에 있는 상위 개체인 자이언츠 앤트만 봐도 얼마나 무시무시한지 짐작이 가능하다.

보통의 자이언츠 앤트가 1미터 내외의 몸집을 가졌다면, 스카이 스크래퍼에 사는 자이언츠 앤트는 5미터에 달한다.

한 입에 오우거를 두 동강 내버리고, 입으로 내뱉는 산으로 트롤을 단번에 녹여 버릴 정도로 위험한 놈이다.

이렇게 하나의 개체만으로도 위험한데, 이런 놈들이 보통 1,000마리 단위로 군집을 이루고 산다.

마스터급 기사라 해도 걸리면 생사를 장담하지 못하는 몬스터가 바로 자이언트 앤트인 것이다.

그런데 그것보다 놀라운 것은 자이언트 앤트가 스카이 스크래퍼의 생태계 중에 최하위 계층을 이루고 있다는 것이다.

고원의 정상에 속하는 곳에 있는 몬스터들은 전부 이런 종류다. 일반적인 생물이 거대화한, 정말이지 감당하기 어려운 놈들이 수도 헤아릴 수 없이 서식하고 있다.

믿거나 말거나 브리턴 제국의 사람들은 스카이 스크래퍼 정상에 존재하는 몬스터들이 드래곤들이 가디언으로 삼기 위해 만든 키메라라고 생각했다.

처음에는 몇 마리 되지 않았지만, 드래곤이 사라지고 가디언들이 고원 곳곳에 흩어져 서식하기 시작한 후 숫자가 늘어났다고 생각하는 것이다.

고원 곳곳에 남겨진 흔적들이 드래곤들이 아니면 남길 수 없는 것들이라 거의 전설처럼 전해지는 이야기다.

─ 그런 놈들이 밑으로 내려온다면 정말 끔찍한 일이 벌어졌을 텐데, 정상에서만 산다는 것이 다행이로군.

─ 맞습니다. 정상의 몬스터들은 절대 밑으로 내려오는 법이 없었습니다.

─ 이유가 있는 건가?

─ 그것은 모르겠습니다. 다만, 절벽이 높은 까닭에 몬스터들이 내려오기를 기피하는 것 같습니다. 발 디딜 틈조차 없으니 내려오기도 힘들고, 떨어지면 피떡이 되어 죽음을 맞이할 테니 말입니다. 본능에 충실한 몬스터들이라면 절대 내려오지 않을

겁니다.

— 그렇겠지.

젠의 의견이 타당해 보인다.

— 그나저나 마치 격리된 것 같은 곳이로군.

— 그렇습니다. 내려오기도 불가능하지만 올라가는 것도 그만큼 어렵습니다. 자신의 실력을 쌓기 위해 찾아 드는 마법사나 기사들을 제외하고는 찾는 사람이라고는 눈을 씻고 찾아봐도 찾을 수 없는 곳이 바로 스카이 스크래퍼이기도 합니다.

— 그렇군, 저쪽에서 올라가면 되는 건가?

— 네. 저곳이 스카이 스크래퍼에 오르기 위해 철봉을 박아넣은 곳입니다.

— 가보자.

젠이 말한 곳으로 가보니 기사들이 절벽을 오르기 위해 만든 길이 보였다.

— 저기로군.

— 그렇습니다, 마스터.

그곳엔 팔뚝 굵기의 철봉이 1미터 간격으로 설치되어 있었다. 사다리처럼 만들어 놓은 것으로, 일명 기사의 발걸음이라는 사다리 길이다.

— 올라간다, 젠.

— 주변을 경계하겠습니다, 마스터.

젠의 경계 하에 사다리를 타고 올라가기 시작했다. 날아서 올라갈 수도 있지만 그렇게 하지 않았다.

절벽 주변으로 감지 마법이 도배되어 있었기 때문이다. 센트 싸인의 마법사들이 만들어 놓은 마법진들이다.

'그나저나 젠도 이곳에 대한 정확한 정보는 없나 보군.'

젠이 생각보다 스카이 스크래퍼에 대해 아는 것이 없는 것이 이상했지만 그러려니 했다. 세상에 다시 나온 지 얼마 되지 않았으니 말이다.

몬스터들이 고원의 정상에서 그들만의 생존 방식대로 살아가고 있다는 것은 젠의 말대로였다.

타원형으로 길게 둘러싼 험준한 절벽으로 인해 몬스터들이 고원의 정상부에서만 살아간다는 말도 틀리지 않았다.

그러나 그로 인해 지난 수천 년 동안 몬스터들이 평원으로 내려오는 일이 없었다는 것은 정확한 것이 아니었다.

'몬스터들을 관상용으로 키우려고 했던 미친놈들 덕분에 이렇게 고생을 해야 하다니… 그래도 어쩔 수 없지. 들키는 것보다는 나으니까.'

절벽에 감지 마법이 설치되어 있는 것은 정상에 사는 몬스터들을 수집하려는 미친놈들 때문이다.

귀족들이 자신의 권위를 내세우려 별의별 짓을 다하는 족속이라고는 하지만, 몬스터까지 수집하려 하다니 정말 알다가도 모를 일이다.

스카이 스크래퍼에 사는 몬스터들이 스스로 절벽을 따라 내려오는 것은 거의 불가능하다. 절벽 끝에 펼쳐진 초자연적인 결계 때문이었다.

결계의 끝은 까마득한 절벽이다. 더군다나 결계를 지나는 순간 몬스터들은 가지고 있는 힘을 잠시 동안 잃어버린다.

가지고 있는 힘을 잃은 상태에서 절벽에서 떨어지면 즉사를 면하기 어렵기 때문에 몬스터들은 본능적으로 결계를 벗어나지 않았다.

이런 천연적인 결계 덕분에 지금까지 정상에 살고 있는 몬스터들이 밑으로 내려온 적이 없었다고 전해지지만, 솔직히 그렇지는 않다.

젠도 파악하지 못하고 있지만 오랜 세월이 흐르는 동안 정상에 사는 몬스터들을 이동시키려는 시도가 몇 번 있었다.

그리고 스카이 스크래퍼의 몬스터들이 정상을 벗어났던 일도 몇 번은 있었다. 모두가 관상용으로 키우려는 철없는 귀족들의 호기심으로 인해 비롯된 일이었다.

몇 번의 시도가 있었고, 그중 물리적으로 몬스터들을 옮기려던 계획은 모두 실패했다. 마스터급의 기사들이 몬스터들을 제압하는 데는 성공했지만 절벽을 타고 내려오는 것은 불가능했기 때문이다.

몬스터를 옮기는 시도가 성공한 것은 마스터급의 기사와 6서클의 마법사가 동원되고 나서였다. 마나 간섭이 심한 결계 때문에 다른 지역으로의 텔레포트는 불가능했지만, 결계를 벗어난 후 절벽 아래 쪽으로 옮기는 것은 가능했다.

그 계획은 거의 성공할 뻔했다. 결계를 벗어나자마자 마법을 이용해 절벽 밑으로 자이언트 앤트 몇 마리가 내려올 수 있었으니 말이다.

'옮기는 것이 문제가 아니었을 것이다. 여기서 느껴지는 흉성도 만만치 않은 것이었으니.'

문제는 옮기고 난 후였다. 몬스터들을 이동시키는데 성공한 마법사가 노예 각인 마법을 사용해 자이언트 앤트를 통제하려 했지만 실패했다.

몇 가지 각인 마법을 시도했지만 전부 무용지물이었다. 아예 마법이 걸리지 않았던 것이다.

엄청난 괴물들이 세상 속으로 퍼져 나갈 것을 두려워한 마법사는 자신의 죽음과 맞바꿔 7서클의 마법을 사용했다.

헬 파이어를 사용해 자이언트 앤트들을 모두 죽인 것이다.

마스터급의 기사들이 내려올 때까지 기다릴 여유가 없었기에 마법사가 할 수 있는 최선의 선택이었다.

'그렇게 마법사가 자이언트 앤트들을 모두 죽이지 않았다면 엄청난 일이 벌어졌을지도 모를 일이었지. 이곳에서 벗어난 자이언트 앤트들이 다른 종과 교배라도 했다면 말이야. 감지 마법이 절벽에 도배가 된 이유도 그때 벌어진 일이 계기가 됐기 때문이었지. 몬스터로 인해 센트 싸인 지역이 제일 먼저 피해를 입었을 테니까 말이야.'

당시 센트 싸인의 마법사들은 스카이 스크래퍼 정상 부근에서 고위계의 이동 마법과 폭발 마법이 사용되었음을 곧바로 인지할 수 있었다.

센트 싸인의 마법사들은 현장에 도착하고 난 뒤에 몬스터를 누군가가 옮기려 했음을 인지하고 곧바로 조사에 착수했다.

폭발 마법이 사용된 후 얼마 지나지 않아 누군가가 스크롤을 이용해 이동 마법을 사용했음을 파악한 센트 싸인의 마법사들은 마나의 잔재를 추적했다.

마나의 잔재가 마지막으로 머무는 곳까지 찾아간 그들은 어떻게 된 상황인지 곧 파악할 수 있었다.

제국의 백작 가문 중 하나가 센트 싸인의 몬스터들을 관상용으로 수집하려 했다는 것을 알아내는 것은 아주 쉬운 일이었다.

진상이 파악된 후 마법사를 사주한 백작 가문 하나가 세상에서 지워졌다. 일련의 사태에 대해 황실에 보고를 한 후 일벌백계로 백작가를 멸문시킨 것이다.

이후 센트 싸인의 마법사들은 고원을 둘러싸고 있는 절벽에 마법으로 도배를 했다.

누군가 몬스터를 옮기려는 마법적 시도가 발생할 경우 즉각적인 조치를 하기 위해서였다.

이후부터는 몬스터를 옮기려는 시도가 한 번도 없었다. 가문이 멸문당할 일을 시도할 바보는 없으니 말이다.

'그나저나 이 절벽에 박혀 있는 쇠기둥을 잡고 오르려면 마

스터급이 아니면 불가능하겠구나. 내려오는 것은 몇 배나 더 어려울 테고 말이야.'

올라가면서 느낀 것이지만, 절벽 자체가 기이한 힘을 지니고 있었다. 일시적이기는 하지만 몸 안의 마나를 무력화시키는 힘이다.

벗어나는 것은 어렵지 않지만 일정 부분 마나를 제약하고 있어 웬만하면 오를 엄두가 나지 않을 정도다.

자칫 힘이 달려 손을 놓치기라도 한다면 곧바로 죽음이다. 급전직하 아래로 떨어진다면 피떡이 되고도 남을 터였다.

'결계를 벗어나자마자 천 길 낭떠러지니 확실히 마법밖에는 몬스터들을 옮길 방법이 없는 것도 맞고, 최상위 감지 마법으로 도배를 한 이유도 알 만하군.'

기이한 힘이 느껴지기는 하지만 절벽과 떨어져 있을 때는 그런 느낌이 없다. 이 정도라면 충분히 마법 같은 것을 사용할 수 있을 것 같다. 마음만 먹으면 몬스터들을 충분히 옮길 수 있는 것이다.

'마법이 사용되는 것을 감지하기 위해 센트 싸인에서 고생을 꽤나 했을 것 같군. 워낙 광대한 면적이니 말이야.'

끝에 거의 다 왔는데도 절벽에서 마법의 향기가 진하게 느껴진다. 결계를 벗어나는 순간에 몬스터들을 어디로 이동을 시킬지 몰라 절벽 전체에 마법을 건 것이 분명하다.

센트 싸인의 마법사들이 얼마나 고심했는지 단번에 알 수 있었다.

"후우, 뻐근하군."

절벽 끝까지 올라오는데 거의 한 시간이나 걸렸다. 순순한 근력만으로 올라왔더니 어깨가 조금은 뻐근하다.

— 젠, 안에 뭐가 있는지 살펴볼 수 있어?

— 예, 마스터. 이제는 가능할 것 같습니다.

아래에서는 정상에 뭐가 있는지 파악하지 못했는데 절벽 주변에 생성된 자연적인 결계 안으로 들어오자 젠도 고원의 정상부에 대한 파악이 가능해진 것 같다.

완전히 올라온 후에야 그것이 가능한 것을 보면 주변에 펼쳐진 결계가 인지를 방해하는 것이 분명했다.

— 자세하게 살펴봐 줘. 뭐가 있는지 말이야.

— 예, 마스터.

스카이 스크래퍼에 대해 내가 알고 있는 정보도 하탄 마탑에 남겨져 있던 것이 전부라 젠이 살펴볼 때까지 기다렸다.

한 시간 정도 기다리니 젠이 말문을 열었다.

— 고원의 중심부를 제외하고는 파악이 끝났습니다.

— 중심부가 파악이 되지 않다니 무슨 일이지?

— 제 능력으로도 안을 살펴볼 수 없는 강력한 결계가 쳐져 있습니다. 저로서도 처음 보는 형태의 것입니다.

— 처음 보는 결계라……. 가보면 뭔지 알게 될 테니 지금까지 파악한 것만이라도 나에게 알려줘.

— 예, 마스터. 이곳에 사는 몬스터의 종류는 18,397종입니다. 지상에 있는 것들과는 달리 자연 상태에서 볼 수 있는 곤충들과 동물들이 몬스터로 변화된 것 같습니다.

— 그러니까 일반적인 곤충이나 동물들이 몬스터 화 된 것이라는 말이지?

— 그렇습니다. 오크나 고블린, 오거, 트롤 등 지상에서 몬스터라 불리는 개체는 단 한 종류도 존재하지 않습니다.

— 그럼 마기는?

— 마기를 품고 있는 것은 확인된 것이 없습니다. 그렇지만 마나는 일반 몬스터보다 품고 있는 양이 월등합니다. 그것 때문에 강력해진 것 같습니다.

— 으음, 마기를 품고 있는 것은 없다면 마나로 인해 돌연변이가 되었을 확률이 제일 높군.

— 제 생각에도 그런 것 같습니다, 마스터.

— 그 외에 다른 것은 없나?

— 수련을 위해서 올라온 것인지 모르겠지만 중심부 가까이 인간으로 보이는 자가 있는 것 같습니다.

— 몇 명이지?

— 한 명입니다.

— 혼자서 올라온 것 같다고?

— 그렇습니다.

— 자살하려는 것이 아니라면 정말 대단한 실력자이겠군.

― 그렇습니다. 몬스터들을 상대하는 것을 보면 상급 실력의 마스터로 보입니다.

― 어차피 중심부로 가야 하니 한 번 가보자.

― 예, 마스터.

― 간다.

사사사삭.

중심부를 향해 빠르게 움직였다.

움직이는 동안 기척을 최대한 죽였다.

지상에서 볼 수 있는 일반적인 몬스터와는 달리 자연 개체가 변화한 것들이라 조심하기 위해서다.

자연 상태에서 생존한 개체들은 나름대로 완전한 것들이다. 육체를 거대화하고 진화를 거듭해 가지고 있는 생존 능력들이 특화됐다면 섣불리 어떻게 할 수 있는 대상이 아니었다.

확실히 파악하기 전에는 피하는 것이 상책이다.

쾅! 콰콰쾅!

한참을 달려 중심부에 가까이 왔을 무렵 폭음이 들려온다.

젠이 말한 인간이 틀림없었다.

기척을 완전히 지운 후에 그늘 속에 몸을 숨겼다. 조심스럽게 이동을 하니 거대한 투구벌레와 싸우고 있는 존재의 모습이 보였다.

― 어느 정도 예상은 했지만 인간이 아니로군.

― 제가 가진 정보로 볼 때 다크 엘프입니다.

― 모습을 보이지 않은 지 천 년이 지났다고 그러지 않았나?

― 남겨진 기록상으로는 그렇습니다. 그렇지만 멸족했다는 것이 확인되지 않은 이상 모습을 드러낸 것도 이상한 일이 아닙니다. 기록상으로 다크 엘프가 가장 많이 나타난 장소가 이곳 스카이 스크래퍼이니 말입니다.

― 밀리는 것 같지는 않으니 조금 지켜보자.

― 예, 마스터.

다크 엘프는 바람개비를 반으로 나눈 같은 두 자루의 기형 병기를 이용해 거대한 투구벌레를 상대하고 있었다.

병기를 통해 푸른빛 섬광을 쏘아내며 다가오는 투구벌레를 막고 있는 다크 엘프의 움직임은 매우 빠르고 신속했다.

― 젠, 어때 보여? 무지막지하게 큰 놈이라 타격을 별로 받지 않는 것 같은데.

― 그런 것 같습니다. 오러 블레이드를 마나 탄처럼 날리는 데도 약간의 흠만 나는 것을 보니 강도가 만만치 않은 것 같습니다. 덩치를 보니 두께도 상당할 것 같고 말입니다.

젠의 말대로다. 다크 엘프를 향해 돌진하고 있는 투구벌레는 그 크기가 거의 빌딩만 하다.

높이는 대략 40미터, 길이는 100여 미터에 달하는 거대한 덩치처럼 오러 블레이드를 계속 맞는데도 약간의 흠집만 날 뿐, 타격을 거의 받지 않은 모습이다.

― 저러다가 먼저 지치겠군.

— 마나 양이 절반 정도밖에 남지 않은 것을 보면 앞으로 두 시간이 한계일 것 같습니다.

— 투구벌레는 아직 제대로 된 공격을 하지도 않은 것 같은데, 두 시간이라……

뭔가 이유가 있는 것 같아 시야를 확장해 다크 엘프를 살폈다. 얼굴에 초조한 표정이 가득하다. 투구벌레를 상대하고 있는 것이 잡기 위해서는 아닌 것 같다.

— 젠, 다크 엘프의 표정이 이상한 것 같으니 주변을 좀 더 파악해 봐.

— 알겠습니다.

젠이 주변을 파악하는 동안 싸움을 지켜보니 이상한 것이 느껴졌다. 바로 다크 엘프가 위치한 방향이었다.

투구벌레는 중심부로 계속 이동하려고 하고 있었고, 다크 엘프는 그것을 막으려 한다는 것을 알 수 있었다.

— 마스터, 다크 엘프의 뒤에 있는 중심부가 이상합니다.

— 뭐지?

— 결계에 틈이 벌어진 것 같습니다. 아무래도 저 투구벌레는 벌어진 틈으로 가려는 것 같고, 다크 엘프는 그것을 막고 있는 것 같습니다.

— 맞는 것 같군.

젠의 말대로였다. 감각을 확대해 살펴보니 중심부를 감싸고 있는 결계의 틈이 계속 좁아지고 있었다.

다크 엘프는 틈이 완전히 메워질 때까지 투구벌레를 저지하고 있는 것이 분명했다.

— 기회인 것 같으니 일단 틈 안으로 들어가 보자.

— 예, 마스터.

다크 엘프가 투구벌레에 정신이 팔려 있는 동안 결계의 틈 안으로 잠입하기로 했다.

기척을 완전히 지운 후 그림자를 따라 이동해 틈 안으로 스며들었다.

'으음.'

안으로 들어오자마자 터져 나오려는 신음을 감춰야 했다. 결계 안쪽에는 아주 놀라운 광경이 펼쳐져 있었기 때문이다.

— 이런 곳이 존재하다니 놀라운 일입니다, 마스터.

— 그래, 젠. 어떻게 이런 곳이 이곳에 있을 수 있는지 나도 무척 궁금해.

이곳 브리턴에서 볼 수 없는 거대한 구조물들이 끝없이 들어차 있는 거리가 시야에 들어오고 있다.

거대한 구조물 사이로 날아다니는 소형 비행정과 레일을 이용한 이동 장치 등, 지구의 미래에나 나타날 만한 것들이었다.

— 마스터, 이곳에 살고 있는 것은 다크 엘프만이 아닌 것 같습니다.

— 나도 보인다.

거리에는 다양한 종족들이 오가고 있었다. 엘프와 드워프, 그리고 다양한 수인족까지 그야말로 유사 인종의 집합소 같았다.

— 이대로는 곤란한 것 같은데.

— 제 에너지를 약간 돌리면 폴리모프가 가능합니다, 마스터.

— 일단 수인족으로 변하는 것이 좋겠어, 젠.

— 다른 종족과는 달리 계급이 높은 것 같으니 타이거족이 좋을 것 같습니다.

— 너무 튀는 것도 좋지 않으니, 저기 울프족으로 폴리모프하는 것이 좋을 것 같다.

— 알겠습니다.

얼굴에 호랑이 문양이 가득한 타이거족의 경우 대부분의 종족들이 공경 어린 표정으로 길을 비켜주고 있었다.

여기에 존재하는 사회의 상위 계층임이 분명하기에 시선을 끌 우려가 있어 울프족을 선택했다. 사람들이 대하는 태도를 볼 때 중산층에 속하는 것 같아서다.

젠으로부터 흘러 들어온 에너지로 신체가 조금씩 변하기 시작했다. 귀가 약간 늘어나고 입이 돌출했다. 그렇게 심하게 돌출하지 않아 약간 나온 정도다.

가장 많이 변한 것은 수염이다. 몇 가닥의 수염이 바늘처럼 길게 뻗어 나왔다.

아직 기척을 숨긴 상태였기에 인적이 없는 곳을 찾아든 후 모습을 드러냈다.

— 아직 아무것도 모르니까 최대한 조심해.

― 감지 기능도 꺼둡니까?

― 살려는 놓지만 출력을 최대한 약하게 하는 것이 좋을 것 같아.

― 알겠습니다.

― 일단 여기를 벗어나야겠다.

회귀 전에 경험한 것이 있어 젠의 감지 기능을 최소화했지만 안심이 되지 않아 곧바로 자리를 이동했다.

'역시!'

거리를 오가는 인파들 사이로 파고든 후 내가 모습을 드러낸 곳을 보니 후드를 눌러쓴 세 명의 다크 엘프가 어느새 나타나 주변을 살피는 것이 보였다.

곧바로 시선을 돌린 후 앞서 가는 타이거족의 뒤를 따라 발걸음을 옮겼다.

― 마스터, 말씀대로 하지 않았다면 들킬 뻔했습니다.

― 앞으로 감지를 할 때는 마나 사용량을 최대한 낮춰서 해야 할 거야.

― 알겠습니다.

― 일단 정보를 얻는 것이 급선무야. 아무 것도 모르는 상태에서 움직일 수는 없으니 말이야.

― 예, 마스터.

― 주변에서 떠드는 소리로 정보를 좀 얻어 봐.

길거리를 오가는 사람들이 사용하고 있는 언어는 이곳의 공용어다. 젠이라면 충분한 정보를 얻을 수 있을 것이다.

― 마스터, 저기 앞쪽에 보이는 백색의 건물이 공용 도서관인 것 같습니다.

― 가보자. 도서관이면 많은 정보를 얻을 수 있을 것 같으니.

― 예, 마스터.

구조물 사이로 난 길을 따라 젠이 말한 공용 도서관으로 갔다. 제법 많은 사람들이 드나들고 있는 것을 보니 완전히 개방된 곳 같았다.

"크크크, 대가리에 돌만 가득 든 놈이 도서관이라니, 웃긴 일이로군."

도서관으로 들어가려니 다크 엘프 중 하나가 비웃듯 말했지만 애써 무시하며 안으로 들어갔다.

결계 안으로 들어오기 전에 투구벌레와 싸우던 바로 그 다크 엘프였다. 어느새 안으로 들어 온 모양이었다.

그런데 나에게 시비를 거는 것도 그렇고, 다크 엘프들이 나누는 대화가 심상치 않다.

"크크크, 시비를 붙였음에도 가만히 있는 것을 보니 겁먹었나 보군. 돌아보지도 않고 들어가니 말이야."

"시비라면 물불을 가리지 않고 싸움부터 해대고 보는 놈들인데 조금 이상하군."

"그러게."

"으음, 시비를 걸어도 반응하지 않는 것을 보면 아무래도 뭔가 명령을 받고 온 모양이니 시비를 걸지 않는 것이 좋겠다, 다리온. 주인의 명령을 죽음을 불사하고 받드는 것이 울프족이니 말이다."

"그래야겠군. 화를 좀 풀려고 했는데 오늘은 아닌가 보군."

"벌레 새끼를 죽이지 못하는 것 때문에 화가 많이 났을 테니 내가 한잔 사마."

"카르민, 내 주량이 얼마인데 한 잔만 산다는 건가?"

"그래, 그래. 코가 삐뚤어지도록 살 테니 가자."

투구벌레와 싸우던 자가 다리온이고, 그와 비슷한 실력을 가진 자가 카르민이라고 했다.

두 사람의 대화에서 흥미가 느껴졌다. 잘 모르겠지만 결계 밖의 몬스터들을 죽이면 안 되는 이유가 있는 것 같다.

— 젠, 저 두 사람이 나누는 대화를 도청할 수는 없을까?

— 감지가 아니라 별도의 저장 마법을 이용한다면 감시 시스템에 걸리지 않게 도청이 가능할 것 같습니다.

— 그러면 무슨 대화를 나누는지 도청을 한 번 해봐.

— 알겠습니다.

젠의 말이 끝나고 난 뒤 희미한 기운이 퍼져 나가 두 다크 엘프의 몸에 붙는 것이 느껴졌다.

— 마스터, 저자들의 몸에 저장 마법을 걸었습니다. 위치는 금방 찾아낼 수 있으니 저장 마법이 걸려 있는 것을 회수만 하면 무슨 대화를 나누는지 알 수 있을 겁니다.

— 좋아. 일단 정보부터 얻자.

드나드는 사람들을 따라 서가로 보이는 곳으로 갔다.

사람들은 그곳에서 작은 금속판 하나를 꺼내들고는 열람석으로 보이는 자리에 가서 앉았다.

나도 서가로 다가가 금속판 하나를 꺼낸 후 열람석으로 가서 자리에 앉았다.

'뭔지 알 수 없군.'

겉으로 보기엔 그냥 금속판이었는데, 사용법을 알 수 없었다. 주변을 살피니 손바닥을 펴서 금속판 위에 얹자 화면이 나타났다.

'곤란하군. 인식 장치가 달려 있는 것 같으니 말이야.'

공용이기는 하지만 사용자를 인식하는 것이 분명했기에 섣불리 손바닥을 가져다 댈 수 없었다.

'기다려야겠군.'

교묘히 금속판을 감춘 채 주변을 살폈다.

누군가 금속판을 책상 위에 놓은 채 자리에서 일어나는 것이 보였다. 얼마 전에 보았던 타이거족과 비슷한 생김새의 수인족이었다.

자리에서 일어나 그가 앉았던 자리로 가서 금속판을 빠르게 바꿔치기 했다. 주의를 기울이는 자가 없어 다행이었다.

다시 내 자리로 가서 앉았다.

얼마 지나지 않아 타이거족이 돌아왔지만 금속판을 들어 서가에 꽂아 놓고는 그대로 도서관을 나갔다.

'다행이군.'

금속판의 화면을 끈 것으로 착각하고 서가에 꽂고 나가는 모습을 보니 안도감이 스쳤다.

'터치 스크린을 이용해 정보를 검색하는 것을 보니 PDA와 비슷하군. 이런 종류의 기술을 사용하고 있다니, 정말 놀랍군.'

금속판에서 전기적 작용이 느껴진다. 거기다가 에테르까지 느껴지는 것을 보면 지구의 기술이 적용된 것이 틀림없었다.

'아니면 이곳의 기술이 지구로 넘어갔거나.'

이곳에 비하면 지금 지구의 기술은 이것보다 한참이나 뒤져 있는 수준이다. 지금 내가 만지고 있는 이 금속판에 적용된 기술도 회귀 직전에 보았을 정도로 미래의 것이다.

이런 저런 사정을 감안해서 봤을 때 이곳의 기술이 지구로 전해졌을 가능성이 아주 높다. 아니, 확신했다.

'이곳에 있는 존재들도 경계를 자유자재로 드나들 수 있는 것이 분명하다. 그렇지 않으면 절대 이곳에 있을 수 없는 문양이니 말이다.'

내가 이렇게 확신을 한 이유는 이 금속체의 모서리에 돋을새김으로 나 있는 문양 때문이다.

회귀 전 러시아에 있을 때 연구원들이 적국의 것임에도 성능 때문에 쓰던 벌레 먹은 사과의 문양이었다.

벌레 먹은 문양이 있다면 사용법은 간단하다. 러시아 연구원들이 사용하는 것을 몇 번 봤다.

스크린에 손을 가져다 대니 여러 가지 앱들이 화면에 보인다. 공용어로 쓰여 있으니 앱들이 무엇을 뜻하는지 아는 것은 아주 쉽다.

'우선 앱보다…….'

화면에 타이거족이 다운 받아 놓은 것으로 보이는 자료가 있는 폴더가 보인다.

폴더를 열어보니 분야별로 하위 폴더들이 존재한다.

스크린 위에 있는 폴더 중 하나를 터치하니 방대한 자료들이 번호순대로 정렬이 되어 있다.

'이걸 언제 다 읽지.'

너무 많은 자료라 읽어볼 엄두가 나지 않았다.

— 마스터, 시스템을 깨고 들어가지는 못하지만 고속으로 읽어 들이는 것은 가능할 것 같습니다.

— 들키지 않아야 하는데, 가능하겠어?

— 충분히 가능합니다. 열람하고 있는 이들 중에 몇몇이 자신의 능력을 사용해 고속으로 읽고 있어서 들킬 염려도 없을 것 같습니다.

— 좋아. 내 의식과 공유를 걸어 놓고 읽어 들이도록 해.

— 예, 마스터.

작은 기운이 손목을 따라 흘러나와 금속판에 흡수되는 것이 느껴졌다.

'동기화되고 있구나.'

금속판과 젠이 하나가 되고 있다는 것을 느끼는 순간 엄청난 정보가 뇌리로 들어오기 시작했다.

들어오는 정보는 대부분 과학에 대한 것이었는데 정말 굉장했다. 미래에나 사용될 과학 기술들이 대부분이었는데 가장 기초적인 것 중 하나가 양자 컴퓨터에 대한 것이었다.

'도대체 여기는 뭐하는 곳이기에 이런 정보들이 한낱 공용 도서관에 있는 거지?'

정보를 읽어 들일수록 의문만 더해갔다. 회귀 전에 접했던 과학기술들을 한참이나 초월하고 있으니 말이다.

'전쟁이나 개인의 전투력에 관한 것들도 마찬가지다. 미래에나 체계화된 것들이 아무렇지 않게 공개되고 있다니… 그런데 정작 이 사회에 대한 정보는 거의 없으니 이상한 일이로군.'

엄청난 정보가 들어 있음에도 이 공간에 들어선 사회구조에 대한 것은 거의 없었다. 마치 일부러 삭제한 것처럼 말이다.

밀려들던 정보가 멈춘 후 젠의 의지가 들려 왔다.

— 마스터, 락이 걸려 있는 것들이 있습니다.

— 풀 수 있나?

— 타이거족의 생체 정보는 이미 확보해 놔서 풀 수 있을 것 같습니다.

— 그럼 한 번 풀어봐. 꽤나 고위 계층 같았으니 어쩌면 풀

수 있을 지도 모르니까.

— 예, 마스터.

젠이 락이 걸려 있는 정보를 풀기 시작했다. 꽤나 복잡한 연산을 해야 하는지 시간이 걸리는 것 같았다.

'참 재미있는 곳이야.'

여유가 생겨 주변을 둘러보았다. 젠이 말한 것처럼 정보를 고속으로 읽어 들이는 존재들이 보였다.

대부분 고위 계층으로 보이는 자들이었는데, 하나같이 눈동자가 백태가 낀 것처럼 하얗게 변해 있었다.

'상태를 보니 뇌와 직접 접속해서 정보를 인식시키는 것이 분명하다. 저런 방식은 뇌의 노화를 촉진하는데 부작용을 막는 방법이 존재하는 모양이로군.'

시야에 들어오는 정보에 접속하는 방식은 몇 번 겪어 봤던 것이다. 회귀 전에 지각 능력자들에게 정보를 주입할 때 쓰던 방식이다.

열 명이 정보를 주입받으면 그중에 한두 명만이 성공하던 극악한 방식인데, 여기서는 아무렇지 않은 것 같다.

'정보의 양은 다르지만 다른 자들도 마찬가지인 것 같다. 하긴, 이런 식이 아니면 이렇게 놀라운 기술들을 익힐 수는 없었을 테지.'

정보의 수준이 모두 하이테크놀로지나 오버 테크놀로지다.

각인과 비슷한 방식이 아니면 이 많은 양의 정보를 흡수할 수는 없을 터였다.

　— 마스터, 걸려 있는 락을 풀었습니다.

락이 풀렸다는 소리를 듣는 순간, 등에 소름이 돋았다.

'뭐지? 아무래도 안 되겠군.'

　— 젠, 예감이 별로 좋지 않으니 최대한 빠르게 정보를 흡수해야겠다. 공유하지 않아도 되니까 말이야.

　— 최선을 다하겠습니다.

누군가 차단된 정보에 접근했다는 것을 알아차릴 수도 있기에 최대한 서두르도록 했다.

정보의 흡수 속도가 몇 배나 빨라지기에 이번에는 정보를 공유하지 않았다.

불안감이 계속 커져간다. 뭔가가 빠르게 다가오는 것 같은 느낌도 든다.

　— 끝났습니다.

　— 다행히 늦지 않았군. 젠, 혹시 모르니 지금부터 네 존재감을 모두 감춰.

　— 예, 마스터.

젠이 작동을 멈추고 자신의 존재감을 완전히 지워 버렸다. 나도 얼른 자리에서 일어나 금속판을 서가에 꽂았다.

그리고 태연한 걸음으로 도서관을 나섰다.

멀리서 일단의 인영들이 달려오는 것이 보였다. 도서관에 들어올 때 시비를 걸던 다크 엘프의 모습도 보였다.

살벌함을 풍기는 인영들은 도서관 입구에 도착하자마자 오가는 이들을 살피기 시작했다.

"거기 서라."

다리온이라는 다크 엘프가 나를 불러 세웠다.

"프리온의 전사께서 저에게 볼일이 있으신 겁니까?"

"그렇다. 너 같은 울프족이 공용 도서관에는 무슨 일이지?"

"주인님의 명으로 자료를 내려받고 오는 중입니다만."

"울프족이 자료를 내려받고 온다고?"

"그렇습니다."

"이상한 일이로군, 그런 일이라면 울프족 보다는 그냥 엘프가 나을 텐데 말이야."

"제 주인께서는 그런 것을 가리지 않으십니다."

"네 주인이 누구지?"

"카곤 님입니다."

"으음. 카곤 님께서 그런 명령을 내렸다는 것인가?"

"그렇습니다. 카곤 님께서 도서관에 계시다는 말을 듣고 말씀을 전하러 모시러 왔는데 저에게 나머지 자료를 받아 오라 말씀하셔서 받아 가는 중입니다."

"카르민, 확인을 해봐라."

"알았다."

카르민이라는 다크 엘프가 서둘러 도서관으로 들어갔다. 얼마 지나지 않아 카르민이 도서관에서 나왔는데, 그는 고개를 끄덕이고 있었다.

"잡아둬서 미안하군. 어서 돌아가 봐라."

"알겠습니다, 프리온의 전사님. 카곤 님께는 뭐라고 늦었다 말씀을 올리면 되겠습니까?"

"프리온의 다리온이 몇 가지 물어봐서 늦었다고 전하면 될 것이다."

"알겠습니다. 그리 말씀드리도록 하겠습니다. 그럼 저는 이만."

다리온을 지나쳐 거리로 나섰다. 나를 지켜보고 있기에 카곤이 사는 곳을 향해 똑바로 걸어갔다.

─ 정보가 없었다면 큰일 날 뻔했다, 젠.

─ 이곳 프리온에 대한 정보를 제 때에 풀 수 있어서 다행이었습니다.

─ 그래, 조금만 늦었어도 들킬 뻔했어.

락이 걸린 것은 이곳에 대한 정보들이었다.

이곳은 프리온이라는 곳이다. 젠이 파악한 바에 따르면 락이 걸려 있었던 정보에는 어떤 일을 하는 곳인지 대부분 나와 있다고 한다.

'아직 공유되지 않는 것이 많지만 일단 이곳을 벗어나는 것이 좋을 것 같다. 프리온에 대해서는 안전을 확보한 다음에 파악해도 늦지 않으니 말이다.'

─ 마스터, 결계가 강화되고 있는 것을 보니 빨리 벗어나야

될 것 같습니다.

젠도 느낀 모양이다. 얼른 벗어나는 것이 좋을 것 같다.

— 그렇게 하자. 여기 있어 봤자 더 얻는 것도 없을 테니까 말이야.

— 결계의 틈을 이용하시면 벗어나시는데 문제가 없을 겁니다.

— 결계의 틈이 또 생겼나?

— 다리온이라는 자가 메우려던 틈이 아직 덜 닫혀 있으니 그리로 가면 됩니다.

— 가자고.

젠의 안내에 따라 아까 들어왔던 결계의 틈으로 갔다. 다른 곳과는 달리 결계가 아주 엷어 보였다.

— 메워지기는 했지만 결계가 강화되면서 다시 틈이 생긴 모양이군.

— 압력이 비정상적으로 강해지면서 다시 틈이 생긴 겁니다. 이곳으로 나가면 의심을 받지 않을 겁니다.

— 그래, 나가자. 센트 싸인에 가서도 이곳에 대해 알 수 있을 테니 말이야.

— 예, 마스터. 공간 간섭으로 틈을 열 테니 곧바로 빠져나가십시오.

젠이 재빨리 결계의 틈을 벌렸다. 신형과 기척을 감추고 틈 사이로 나갔다.

내가 빠져나가자마자 젠은 틈을 메워 버렸다.

워낙 찰나에 벌어진 일이라 누군가 이곳을 통해 빠져나갔다는 것을 알아차리지는 못할 것이 분명했다.

— 일단 거리를 벌리자.

— 예, 마스터.

결계가 쳐진 중심부에서 멀리 떨어지는 것이 급선무였기에 최대한 서둘러 스카이 스크래퍼의 외곽으로 이동했다.

제4장

스카이 스크래퍼 정상의 외곽을 둘러싼 곳에도 결계가 펼쳐져 있었다. 자연적인 결계라고 생각했는데, 프리온을 감추기 위해 인공적으로 만들어진 외곽 결계였다.

— 젠, 원래의 모습으로 돌려놔.

— 예, 마스터.

결계에 당도하자마자 폴리모프를 풀도록 했다.

본래의 모습으로 돌아간 후 내 존재를 들킬 수 있기에 일단 외곽 결계를 벗어나 절벽 아래로 내려갔다.

중간 정도 내려가다가 절벽에 박혀 있는 강철 기둥에 몸을 기댄 후 어째서 이런 곳을 만들었는지 궁금해졌다.

― 젠, 정보를 공유해 봐.

― 내려가신 다음에 하는 것이 좋지 않겠습니까?

― 아무래도 예감이 좋지 않아. 그러니 빨리!

― 알겠습니다, 마스터.

내 불안감을 느낀 것인지 젠이 정보를 공유했다.

일반적인 정보도 엄청난 양이었는데, 락이 걸려 있는 것도 만만치 않았다.

방대한 양의 정보와 함께 프리온이 무엇을 하는 곳인지 자세히 나와 있었다.

― 이건, 정말 굉장하군.

락이 걸려 있는 정보 중에 몇 가지 특이한 것이 있었다.

하이테크놀로지를 뛰어 넘어 권능에 가까운 기술을 구현하는 방법들이 정보 속에 포함되어 있던 것이다.

― 젠, 지금 스카이 스크래퍼에서 사육되고 있는 거대 곤충들의 특질을 흡수하여 능력을 향상시킨다는 것은 정말 놀랍지 않아?

― 마스터 말씀대로 정말이지 굉장한 기술입니다. 이건 마법을 뛰어넘은 것 같습니다.

― 그래, 정말 대단한 기술이야. 곤충들의 고유 능력을 카피하여 그대로 사용할 수 있다니 말이야.

― 완성도로 볼 때 이미 사용되고 있는 것 같습니다. 권능에 가까운 곤충들의 능력을 카피한 존재들이 얼마나 강할지 짐작

조차 되지 않습니다.

— 그래, 상대하기 정말 곤란한 존재들일 가능성이 높다.

정말 엄청난 기술이다. 곤충의 능력을 카피하여 사용할 수 있다니 말이다.

개미의 경우 자신의 몸무게의 1만 배까지 들어 올릴 수 있다.

개미는 신체의 구조상 가능한 일이라지만, 인체를 개조하지 않고 능력으로 그것을 카피할 수 있다니 정말 할 말이 없는 기술이 아닐 수 없다.

'어쩌면 이것이 신화가 가지는 힘일 수도 있다. 인간이 낼 수 있는 힘이 말의 10퍼센트 정도만 되도 개미의 능력을 얻으면 최소한 천 마력이니까 말이야.'

신화에 대해 뭔가 실마리를 잡은 것 같다.

차원과 시간을 넘나드는 기술과 그 기술을 이용해 권능에 가까운 능력을 카피해 사용할 수 있다니.

— 젠, 프리온을 누가 만들었는지는 나와 있지 않은 것 같은데 말이야.

— 정보를 아무리 찾아봐도 누가 만들었는지에 대한 단서는 하나도 없었습니다, 마스터. 제가 얻은 정보가 레벨이 낮거나, 아예 열람이 불가능한 것일 수도 있습니다.

— 레벨이 낮은 것은 아니야, 젠. 프리온의 사회 구조와 이런 기술들을 보면 말이야. 내가 보기에는 후자인 것 같아. 프리온에 살아가는 자들도 누가 그곳을 만들었는지 모르는 것 같아.

— 일반적인 정보도 그렇고, 락이 걸려 있는 정보들로 봤을 때 그럴 가능성이 높습니다.

— 그나저나 아주 재미있는 일이야. 프리온에서 만들어진 기술들이 저 위에 있는 전송기를 통해 차원을 넘어 전해진다니.

— 그렇습니다. 프리온에 있는 존재들은 모르고 있는 것 같지만 만들어진 기술들이 차원을 넘어 전해지는 것만은 틀림없는 것 같습니다.

— 젠, 네가 보기에는 어떤 형태로 정보가 전해지는 것 같아?

— 차원 너머의 지적 생명체의 심층 의식에 전송이 되고, 자연스럽게 발현되어 스스로 알아낸 것처럼 표출되는 것 같습니다.

— 그럴 거야. 그렇지 않다면 정보를 전송받은 자가 느끼기에 아주 부자연스러울 테니까 말이야. 그나저나 차원 전송기를 한 번 살펴봐야 할 것 같은데.

— 지금은 살펴보기 어렵습니다. 프리온에서 얻은 정보들을 모두 소화한다고 해도 아직은 우주선을 만들 수는 없을 것 같습니다.

— 그렇겠지. 우주선을 만들 재료들을 구하는 것도 만만치 않을 테니까. 아쉽군, 차원 전송기를 살펴보면 프리온을 만든 자들이 누구인지 단서를 얻을지도 모르는데.

— 육 개월 정도면 제작이 가능하니 그때 살펴보셔서도 될 겁니다, 마스터.

─ 그래, 궁금하지만 어쩔 수 없지. 일단 내려가자. 누군가 오는 것 같아.

일단의 무리들이 다가오는 것이 느껴졌다. 센트 싸인의 마법사들인 것 같으니 빨리 내려가는 것이 좋을 것 같다.

타타타타탁!

최대한 속도를 냈다.

원숭이가 나무를 타듯 빠른 속도로 지상으로 내려왔다.

감지 마법 이외에 공간 간섭 마법도 걸려 있어 공간 이동 마법이 불가능한 곳이라 다행이다. 그렇지 않았다면 내가 스카이 스크래퍼에서 내려오는 것을 들켰을 테니 말이다.

'일단 연기를 좀 해야겠군.'

다가오는 자들을 속이기 위해서 다시 박혀 있는 철 기둥을 잡고 절벽을 오르기 시작했다. 처음 올라갈 때와는 달리 이번에는 일부러 마나를 사용해 오르기 시작했다.

"올라가지 마시오!"

100여 미터쯤 올라갔을까, 밑에서 다급하게 부르는 소리가 들렸다.

'역시, 센트 싸인의 마법사들이로군.'

밑을 내려다보니 센트 싸인 특유의 문양이 수놓아진 로브를 입은 마법사 셋과 갑주를 걸치고 있는 기사들이 보였다.

주변을 넓게 감시하며 다가오다가 내가 마나를 사용하자 정확히 방향을 잡고 찾아온 것이 분명하다.

"누구십니까?"

"나는 센트 싸인의 2급 교수인 카미라고 하오."

"아! 교수님이셨군요. 저는 크리스라고 합니다. 그런데 도대체 무슨 일입니까?"

"난 오늘 당직 마법사요. 지금 스카이 스크래퍼에 마나 폭풍이 불어서 올라가면 위험할 수 있소. 그러니 어서 내려오시오."

애시 당초 기사가 수련을 하러 스카이 스크래퍼에 올라가는 것에 관심도 두지 않는 곳이 센트 싸인이다.

그런데도 당직 마법사가 일부러 말리러 왔다니, 어이없는 핑계가 아닐 수 없다.

마나 폭풍이 분다고 수련을 하기 위해 올라가는 나를 막아선다니 말이 되지 않는 소리였다.

센트 싸인의 마법사들은 프리온과 연결이 되어 있는 자들이다. 마스터라고 해도 제일 외곽에 있는 자이언트 앤트도 상대하지 못하고 내려올 수밖에 없다는 것을 잘 아는 이들이다.

나를 말리려는 이유는 하나뿐이다. 나로 인해 프리온에서 생긴 변고 때문일 것이다.

"마나 폭풍이 분다고 해도 상관이 없습니다."

"그래도 어서 내려오시오. 절대로 올라가서는 안 되오."

"그러지요."

할 수 없다는 표정을 지어보이며 아래로 내려갔다.

파파파팟!

마법사들과 같이 왔던 기사들이 나를 포위하듯 에워쌌다.

"수련 때문에 스카이 스크래퍼에 올라가는 것은 금지되지 않은 것으로 알고 있는데 도대체 무슨 일입니까? 카미 교수님."

경계심을 늦추지 않으며 카미 교수에게 물었다.

"어째서 여길 올라가려는 것이오?"

"내 실력을 시험해 보고 싶어서 그렇습니다."

"마스터급 기사라도 되는 것이오?"

의심스러운 눈초리로 카미 교수가 묻는다.

"그렇습니다."

말을 꺼내기 무섭게 카미 교수의 손에서 흘러나온 마나의 간지러움이 내 몸을 타고 오른다.

6서클의 마법사가 펼치는 마나 감지다. 젊은 나이인 것 같은데 벌써 6서클에 오르다니, 대단한 자다.

"으음."

내가 가진 마나의 양을 살펴볼 수 없어서 그런지 카미 교수가 신음을 흘린다. 마나를 감추는 것이 가능하려면 최소한 마스터 중급은 되어야 가능한 일이기 때문일 것이다.

"센트 싸인의 교수라서 가만히 있기는 했지만, 이러는 이유를 밝혀 주셔야 할 것 같습니다만!"

확인을 끝낸 마나가 내 몸에서 멀어져가는 것을 느끼며 기세를 끌어올렸다.

"미, 미안하오. 몬스터를 빼돌리려 한다는 첩보가 입수돼서 어쩔 수가 없었소."

"그렇군요. 그렇다면 이제 의심이 풀렸습니까?"

"당신에게는 매직 마나가 없어서 혐의는 풀렸지만, 센트 싸인으로 가서 추가로 조사는 받아야 할 것이오."

"일이 재미있게 되었군요. 어차피 센트 싸인에 가야 하니 가시죠."

"센트 싸인에 간다는 것은 무슨 말이요."

"나는 하탄에서 오는 길이오. 벌써 연락이 갔을 텐데요."

"헉! 그럼!!"

"제가 바로 샤인 크리스입니다."

"죄송하게 됐습니다."

내 이름을 듣자마자 카미 교수가 허리를 반으로 접는다. 건국 공신 가문의 가주라는 것을 알고 있는 모양이다.

"제 신분에 대해서 들으신 모양입니다."

"마탑주님으로부터 전언이 있었습니다. 그리고 저는 하탄 마탑에 속해 있기도 합니다."

"그랬군요."

180도 달라진 카미 교수의 태도에 주변을 에워싸고 있던 기사들의 태도도 변했다. 어느새 포위를 풀고 호위하듯 주변을 경계하는 모습이다.

"그렇지 않아도 전언을 받고 기다리고 있었습니다. 스카이 스크래퍼로 오실 것이라고는 생각도 하지 못했습니다."

"황실 마탑의 일도 그렇고 해서 행적을 노출시키지 않고 이동을 했습니다. 이곳에 온 것은 하도 소문이 많아서요. 어떤 놈들이기에 그런 소문이 난 것인지 확인을 해보고 싶어서 말입니다."

　"중급을 넘어섰다는 말씀은 들었지만, 스카이 스크래퍼는 위험한 곳입니다."

　"위험하다니 무슨 말입니까?"

　"이곳의 정상을 밟은 이들 중에 마스터가 아닌 이들은 하나도 없었지만, 살아 돌아온 것은 채 이 할이 되지를 않습니다."

　"정말입니까?"

　"그렇습니다. 마스터라도 생사를 장담하지 못할 정도로 워낙 위험한 곳이라 수련을 위해 올라가는 이도 삼십 년 전을 마지막으로 없었습니다."

　"으음, 정말 위험한 곳이로군요."

　"강하시다는 것은 들었지만 올라가시지 않는 것이 좋습니다. 해야 하실 일도 있고 말입니다. 센트 싸인을 졸업하시면 충분히 올라가실 수 있을 겁니다."

　"으음, 하긴. 아직 급한 것은 아니니 그렇게 하도록 하지요."

　내 자존심을 생각해 주는 말에 못 이기는 척 카미 교수의 제안을 받아 들였다.

　"가시죠. 밑으로 내려가시면 이동 마법진이 있으니 금방 가실 수 있을 겁니다."

"알겠습니다."

카미 교수가 먼저 앞장을 섰고, 난 그의 뒤를 따라 아래로 내려갔다. 마법사들과 기사들은 나를 호위하는 형태로 뒤를 따랐다.

아래로 내려온 후 임시로 설치되어 있는 이동 마법진을 이용해 공간 이동을 했다.

드디어 마법 학교 센트 싸인에 온 것이다.

'정말 할 말이 없군.'

센트 싸인은 생각보다 거대했다. 하나의 도시라고 해도 과언이 아닐 정도로 무척이나 컸다.

사방 50킬로미터에 달하는 거대한 성벽 안에 있는 도시 전체가 마법 학교나 마찬가지였다.

대륙에 사는 사람들이 한번쯤 꼭 보고 싶은 지역 중 하나가 바로 이곳이다.

스카이 스크래퍼가 대륙의 4대 금지여서도 아니고, 근처에 있는 영지 전체가 부유하고, 경관이 좋기 때문만은 아니었다. 그것은 이곳에 존재하는 마법 학교 센트 싸인 때문이다.

원래 다른 이름을 가지고 있는 마법 학교지만, 세인들에게는 하나같이 센트 싸인이라 불렸다.

마법 학교의 정식 명칭은 제국 마법 아카데미지만, 지역의 명칭이 그대로 세인들에게 인식이 된 것이다.

그도 그럴 것이 센트 싸인 지역의 모든 것이 마법 학교를 중심으로 돌아가고 있었다.

스카이 스크래퍼로 가기 전에 센트 싸인에 대해서 들은 바가 있다. 대륙에는 상당한 수의 마법 학교가 존재하지만, 센트 싸인에 있는 것은 단순한 마법 학교가 아니다.

센트 싸인은 하나의 도시라고 할 수 있다. 진짜 마법 학교라고 할 수 있는 제국 마법 아카데미가 중심부에 있고, 마법과 관련한 다양한 공방과 시설들이 도시에 가득 들어차 있는데, 이를 통틀어 센트 싸인 마법 학교라고 하는 것이다.

수백 개나 되는 마법 공방과 시설에서 일하는 수많은 사람들과 그들을 대상으로 생계를 이어 나가는 이들이 살고 있다.

제국 마법 아카데미를 중심으로 모든 것이 돌아가기에 센트 싸인이 마법 도시라는 이름으로 불리게 된 것이었다.

'과연 마법 도시라고 하는 것이 어울릴 정도로 거대한 공간이다. 센트 싸인이 동부 전체를 먹여 살린다고 하더니 그 말이 과언이 아니군. 마법과 관련된 것 말고도 다양한 산업들이 이곳을 중심으로 돌아가고 있는 것 같으니 말이야.'

브리턴 대륙의 동북부 거의 대부분을 차지하고 있는 스카이 스크래퍼가 4대 금지 중에 하나이기는 하지만, 전 지역이 그런 것은 아니었다.

인간이 드나들 수 없는 곳은 고원의 산정 부분에만 국한되어 있었다.

고원 밑에 위치한 평원들은 그야말로 인간이 살아가기에 최적지로 꼽히는 곳 중 하나였고, 그곳에 센트 싸인이 위치하고 있었다.

센트 싸인이 처음부터 동부의 중심지는 아니었다.

비옥한 토질과 이를 바탕으로 생산되는 풍부한 농작물로 인해 번성한 지역일 뿐이었다.

센트 싸인 지역의 가치가 올라가기 시작한 것은 제국 마법 아카데미가 들어서고 난 뒤부터였다.

발전의 이유는 다른 것이 아니었다. 바로 제국 마법 아카데미에서 황제의 허락을 받아 시행한 정책 덕분이었다.

마법 실험을 위해서는 다양한 자원들을 필요로 한다.

하지만 아카데미의 교수들은 연구와 교육에 매진해야 하는 탓에 마법에 필요한 자원들을 직접 채취하거나 할 수 없었기에, 초대 학장은 황제에게 건의해 하나의 정책을 시행했다.

제국의 지원을 받는 터라 돈은 부족하지 않았기에 마법 자원들을 직접 구하는 것이 아니라 구입하는 정책이었다.

시행된 정책은 사람들을 센트 싸인 지역으로 모이게 만들었다. 돈이 되었기 때문이다.

단순히 손쉽게 자원을 얻으려던 아카데미의 정책은 시너지를 불러왔다.

센트 싸인에는 다양한 몬스터들과 약초들이 자생하고 있고, 마나석 같은 매직 등급의 지하자원이 풍부하게 매장되어 있었다.

다른 지역과는 달리 자원들의 이용 가치도 무척이나 높았기에, 짧은 시간에 많은 이들이 센트 싸인에 터를 잡았다.

센트 지역의 마법 자원들은 워낙 품질이 좋고 양이 많았던 덕분에 아카데미에 납품하고도 남아서 다른 지역에 공급한 결과 관련 산업들이 하나둘 발전할 수 있었다.

그렇게 사람들이 몰려들고 관련 산업이 발전하자, 아카데미에서는 설립 당시부터 황제로부터 하사받은 권리를 행사했다.

바로 센트 싸인 지역 이용에 대한 전권이었다.

센트 싸인 지역에서 몬스터를 사냥하는 것은 물론, 약초를 채집을 하거나 광산을 개발할 때 아카데미로부터 허가를 받도록 한 것이다.

더불어 마법 관련 물품을 다루는 이들에게 센트 싸인에서 활동하려면 이익의 10퍼센트를 세금으로 내도록 했다.

반발할 만도 하건만 그렇지 않았다.

세금을 내고도 엄청난 이익이 보장되는 것은 물론, 마법사들의 보호 조치까지 받을 수 있기에 전혀 손해가 아닌 정책이었다.

그리고 허가를 받은 이들에게는 한 가지 정보를 공개했는데, 바로 센트 싸인 지역을 세밀하게 조사한 지리 정보였다.

아카데미에서 공개한 정보에 따르면 스카이 스크래퍼의 영향 때문인지는 몰라도 센트 싸인 지역에서는 마도학과 관련한 재료들을 보다 손쉽게 구할 수 있었기에 사람들은 열광했다.

안전이 얼마 정도 보장되고, 막대한 이익을 얻을 수 있다는 것을 알게 되자 황금의 향기를 맡은 각지의 용병들과 상인들이 너도나도 센트 싸인으로 몰려들었다.

이러한 연쇄효과는 시간이 흐르면서 더욱 커졌고, 센트 싸인은 브리턴 제국의 각종 마법관련 산업의 중심지가 되어버렸다.

그것을 증명하듯, 좌우로 설치되어 있는 마법적 시설들이 보였다.

멀리 보이는 아카데미를 따라 10층이 넘는 고층 건물들이 연이어 서 있는데, 모두가 마법 관련 산업을 위해 만들어진 것들이 분명했다.

"좌측은 치료 마법 계열의 시설들이 들어서 있고, 우측은 마도 공학과 관련한 시설들입니다. 그리고 저기 경계를 지나면 원소 계열의 마법과 관련된 시설들이 들어서 있습니다."

카미 교수의 설명에 궁금증을 어느 정도 풀 수 있었다. 사전 정보가 있기는 하지만 직접 보면서 설명을 들으니 느낌이 달랐다.

― 이곳에 나오는 것들이 워낙 고가의 것들이 많아서 경비가 삼엄한 모양이군.

아카데미로 가는 동안 구획된 경계를 따라 서 있는 시설들의 경계가 장난이 아니었다.

각종 마법적 보안 장치는 물론이고, 익스퍼트급의 용병들이 경비를 설 정도로 삼엄했다.

— 대부분 8클래스 비기너까지 막아낼 수 있는 것 같습니다.

— 8클래스 비기너까지?

— 보안 마법은 7클래스까지 만들고, 다양한 공학 기술로 업그레이드를 한 것 같습니다.

— 제법이군. 공학 기술로 단계를 끌어 올리다니 말이야.

— 이곳에 적용된 기술들을 분석해 봤더니 프리온에서 나온 기술들이 상당수 포함되어 있습니다.

— 역시 그렇군. 어떤 관계인지 확실히 알아볼 필요가 있는 것 같다.

— 최대한 정보를 수집해 보겠습니다.

— 고마워, 젠.

— 별말씀을.

젠과의 대화를 끝내고 시설들에 집중했다.

시설들의 문이 열리는 것을 보다가 현대의 기술과 비슷한 것들을 상당히 많이 발견할 수 있었다.

엘리베이터나 지문 인식 장치 같은 것이었다. 한쪽에서는 홍채 인식 장치 같은 것을 쓰는 것도 보았다.

'프리온의 기술이 여기에서도 쓰이는 것이 분명하다. 아카데미가 여기에 자리를 잡은 것도 그렇고 밀접한 연관이 없다면 있을 수 없는 일이지. 더군다나 황제에게 센트 싸인에 대한 전권을 얻었다면?'

프리온과 센트 싸인이 관계가 있다고 생각하니 브리턴 가문이 지구에 있는 존재들에게 버려졌다는 것이 믿어지지가 않았다.

'아무래도 지구에 있는 누군가가 브리턴과 연결이 되어 있음이 분명하다. 브리턴 가문도 다시 지구로 돌아갈 날을 기다리는 것인가?'

무언가 연결점이 있는 것이 분명해 보였지만 모든 것이 불투명했다.

미래의 기술들을 선점한 곳들을 생각해 보니 머리가 더 어지러웠다.

'가공할 힘과 기술을 지니고 있던 그들은 아무래도 크리스 가문과 브리턴 가문을 버렸던 이들일 확률이 높다. 자신들을 다른 세계로 버려 버린 존재들과 브리턴 가문이 협력할 것이라고는 생각이 들지 않는데… 도무지 감이 잡히지를 않는군.'

센트 싸인에 대해 더 파고들어 봐야 할 것 같다. 스카이 스크래퍼에 있는 프리온도 마찬가지다.

"도착했습니다. 여기가 바로 진정한 센트 싸인 마법 학교인 제국 마법 아카데미입니다."

카리 교수의 말에 생각을 접고 아카데미로 들어가는 입구를 보았다. 거대한 암석을 통짜로 조각해 만들어진 정문은 보기만 해도 위압감이 느껴졌다.

"대단하군요."

"초대 학장이신 바론 브리턴님께서 공간 이동 마법으로 스카이 스크래퍼에서 옮겨오시고, 드워프들이 만든 문입니다. 원래는 이름이 없었지만 시간에 따라 다른 색으로 보이기에 빛의 문이라고도 불리지요."

"으음, 그렇군요."

마침 시간이 지나가고 있어서 그런지 옅은 연두색으로 보이던 것이 이제 진한 녹색을 띠기 시작했다.

"시간이 나실 때 어떤 색으로 변하는지 확인하실 수 있을 테니 우선 안으로 들어가시죠. 수시 입학이라 절차를 거쳐야 하니 말입니다."

"알겠습니다."

카미 교수의 재촉에 발걸음을 서둘렀다.

정문을 들어서자 상당히 큰 공간이 눈에 들어왔다. 정문을 따라 옆으로 거대한 돌담이 쳐져 있는 아카데미의 내부 공간은 생각보다 넓었다.

33층이나 되는 거대한 마탑이 중심부에 있고, 동서남북 사방으로 5층짜리 거대한 건물들이 자리하고 있었다.

"중심부는 센트 싸인 마탑입니다. 왼쪽에 있는 건물에서는 흑마법을, 오른쪽에 있는 건물은 백마법을 가르치고 있고, 앞에 보이는 건물은 연금술, 마탑 뒤에 있는 건물은 마도 공학을 가르치는 강의동입니다."

"기숙사는 없는 모양이군요."

"제국 마법 아카데미 내에는 없고, 외부에 있습니다. 외곽 담을 따라 총 네 개의 기숙사가 있는데 전공하는 것에 따라 머무는 곳이 나뉘어 있습니다."

"전공에 따라 공부하는 학생들이 가까운 곳에 있는 기숙사에서 머무는 모양이군요."

"그렇지도 않습니다. 제국 마법 아카데미는 3년제로, 2년 동안은 커리큘럼이 6개월씩 진행이 됩니다. 자신이 처음 선택하는 강의동에서 먼저 배우기 시작한 후에 6개월에 한 번 시계 방향으로 움직이며 2년 동안 배우게 됩니다. 그리고 1년 동안은 중앙에 있는 마탑에 들어가 심화 과정을 거치게 되지요. 여기서 전공이 결정이 됩니다. 그래서 6개월의 과정 동안은 관련 기숙사에 전공에 정해진 뒤에는 관련 기숙사에 머물기 때문에 머물 기숙사가 확정적이지는 않습니다."

"참으로 재미있는 방식입니다."

"마법사들이라는 존재가 워낙 폐쇄적이라 다른 마법사들과 교류하며 발전하라는 뜻에서 30년 전에 커리큘럼이 바뀌었습니다. 초대 학장님이 정하신 커리큘럼이 바뀌는 것이라 말들이 많았지요, 하지만 졸업생들이 눈부시게 성장할 수 있었고, 마법적으로 볼 때 혁신적인 것들이 많이 나오기 시작하면서 커리큘럼이 완전히 정착을 했습니다."

"그렇군요."

"입학에 따른 행정 절차는 마탑에 있는 행정처에서 처리를 하니 따라 오십시오."

감탄하는 나를 보며 카미 교수가 재촉을 했다. 그의 안내에 따라 마탑 쪽으로 걸음을 옮겼다.

"방학 기간이 아닌데 학생들이 보이지 않는 것을 보면 수업 중인 모양입니다."

"아마 쉬는 시간일 겁니다."

"쉬는 시간이요? 그런데 왜 학생들이 아무도 보이지 않는 겁니까?"

"한 번 강의동에 들어가면 6개월간은 나올 수가 없습니다. 기간이 끝나면 사흘을 쉰 후에 다른 강의동으로 들어가게 됩니다. 그래서 학생들 사이에서는 커리큘럼이 지옥의 레이스라고 불리기도 합니다."

"그렇군요."

이미 듣고 오기는 했지만 학교에 와서 보니 느껴지는 감이 달랐다.

"얼른 오십시오. 강의동이 사흘 후에 개방되니 입학 절차를 서둘러야 합니다."

"알겠습니다."

다음 커리큘럼은 강의동을 개방하기 이틀 전부터 짜기 시작해 다음 강의 동으로 들어가기 하루 전에 완성이 된다.

'내일 접수를 해도 되지만 다른 준비를 하려면 서두르는 것이 좋겠다. 알아야 할 것들이 많고, 확인을 해야 할 것도 있으니.'

카미 교수를 따라 마탑으로 들어가 행정처에서 입학 수속을 밟았다.

하가로스 백작과 하르탄 마탑주의 추천을 받아 입학을 하는 것이라 수속에는 그리 많은 시간이 걸리지 않았다.

"행정처에 수속이 끝이 났으니 오늘부터 엿새간은 시간이 좀 있습니다. 그동안 아카데미에서 어떻게 생활할지 알아보시는 것이 좋을 것 같습니다. 이미 숙지하고 오셨을 테지만 직접 확인을 해보시는 것도 좋을 것 같아 말씀을 드리는 겁니다."

"그렇게 하도록 하지요."

"저는 다음 커리큘럼을 짜야 해서 더 이상 같이 다닐 수 없지만 행정처에서 받으신 매뉴얼을 참고하시면 확인하시는데 도움이 될 것입니다."

"알겠습니다. 여기까지 같이 있어 주신 것만으로도 많은 도움이 되었습니다."

하탄 마탑주에게 부탁을 받았겠지만 아카데미 운영을 책임지고 있는 카미 교수다. 이렇게 내 곁에 항상 붙어 있을 수는 없는 노릇이다.

앞으로 바빠질 것을 알기에 이해할 수 있었다.

카미 교수를 보내고 아카데미를 나섰다. 매뉴얼에 나와 있는 카페를 찾기 위해서다.

밖으로 나와 왼쪽 편을 보니 카페가 있었다. 학생들과 마법 관련 산업에 종사하는 자들이 들러 잠시 쉬는 곳으로, 식사까지

겸할 수 있는 곳이었다.

카페로 가서 차 한 잔을 시킨 후에 매뉴얼을 정독했다. 아카데미에 관한 사항이 반 정도를 차지했고, 나머지는 센트 싸인 지역에 대한 안내서였다.

읽는 대로 각인되듯 인식이 되는 터라 외울 필요는 없었다. 카페에 들어 온 지 30분이 되지 않아 모든 것을 머릿속에 집어넣을 수 있었다.

'정말 대단한 도시다. 마법 관련 시설들이 이렇게 밀집해 있을 줄은 생각도 못했다. 더군다나 기간트라니……'

중앙에 있는 센트 싸인 마탑을 중심으로 사방에 있는 각 커리큘럼에는 연관된 길드들이 존재했다.

커리큘럼에서 나오는 각종 마법적 아이디어를 산업화하는 길드들이다. 현실 세계로 말하면 산업군과 같은 개념의 조직 체계라 할 수 있다.

서쪽에 위치한 커리큘럼의 흑마법 및 네크로맨시는 현실 세계의 생명공학이나 다름없었고, 동쪽의 백마법 및 신성마법은 의학적인 관점에서 비슷한 측면이 많았다.

재미있는 것은 남쪽과 북쪽의 커리큘럼들이다. 남쪽은 연금술 및 에너지, 북쪽은 마도 공학이었는데, 현실의 첨단산업들과 비슷한 점이 많았다.

그중에 관심을 끄는 것은 마도 공학과 관련한 커리큘럼이다. 현실 세계에서는 애니메이션에서나 등장하는 로봇들이 기간트라는 이름으로 버젓이 현실화되고 있었던 것이다.

'모든 길드들이 커리큘럼과 상호 보완적인 역할을 하고 있다. 커리큘럼이 연구소라면 길드는 현실로 만드는 공장과 같으니 말이다. 프리온에나 있을 법한 기술들이 쓰이는 것을 보면 밀접한 연관을 가지고 있다는 건데……. 확인을 해보려면 직접 돌아다녀 봐야겠군.'

아카데미의 학생을 증명하는 신분증을 받은 상태라 길드를 방문하는 것은 어렵지 않았다.

아카데미에 들어가게 되면 어차피 협력 관계를 맺어야 하는 터였고, 길드 또한 아이디어를 얻기 위해 학생들에게는 정보를 공개하는 편이었다.

가장 관심을 끈 기간트에 대해 알아보기 위해 카페를 나와 북쪽으로 향했다. 커리큘럼이 있는 곳이기도 하거니와, 관련 마법 산업 시설들이 몰려 있기 때문이다.

북쪽으로 온 후에 길드가 있는 건물을 찾았다. 시설들이 밀집한 산업 지역의 중심에 있었는데, 매뉴얼을 전부 기억하고 있기에 찾는 것은 어렵지 않았다.

딸랑!

"어서 오십시오."

문이 열고 들어가자 맑은 종소리가 울리더니 상냥한 목소리가 나를 맞았다.

건물 로비에 마련된 인포메이션에서부터 들려온 목소리의 주인공은 백금발의 머리를 길게 늘어트린 엘프였다.

'각 길드가 유사 인종을 전부 아우르는 조직이라더니……'

각 마법 사업군은 인간만의 조직이 아니었다. 센트 싸인이 마법 산업과 관련하여 제국의 90퍼센트를 점유하고 있는 것도 그 때문이다. 모든 종족을 아울러 마법의 핵심 기술들이 집결하는 곳이 바로 센트 싸인이기에 길드의 구성원도 다양할 수밖에 없었다.

"무슨 일로 오셨나요?"

"아, 예. 이번에 센트 싸인에 입학하는 샤인이라고 합니다. 아직 정규 커리큘럼은 들어가지 못하지만 학생처에 등록을 했습니다."

엘프가 기묘한 표정을 짓고 있는 것을 보니 나에 대해 이미 알고 있는 모양이다. 아무리 엘프라지만 그저 안내원 역할을 하고 있는데도 나에 대해 이미 알고 있는 것 같으니 모를 일이다.

"얼마 있지 않아 들어가시게 되겠군요. 그런데 저희 길드에는 어쩐 일로……"

"기간트에 대해 궁금한 것이 있어서요."

"역시 마스터시군요. 커리큘럼에 들어가지도 않았는데 기간트에 대해 관심을 가지시다니."

"저에 대해 아십니까?"

"물론이죠. 황실 마탑을 통해 센트 싸인에도 샤인 크리스님에 대한 소문이 퍼진 지 오래 되었어요. 그리고 저는 엘라이스라고 합니다. 그리고 북쪽 길드의 부길드장이기도 하고요."

"으음."

나에 대해 소문이 센트 싸인에 퍼졌다니 재미있는 일이다. 그것도 황실 마탑을 통해서라니.

'그나저나 부길드장이 직접 안내를 맡다니 재미있는 일이군. 처음 볼 때부터 만만치 않은 실력자인 줄은 알았지만.'

"얼마 전에 황실 마탑에서 온 사람들이 그대를 찾아다니면서 소문이 퍼졌습니다."

"저를 찾아다녀요?"

"검의 길을 걷다 마스터에 이른 그대를 보지 못했냐며 돌아다니는 통에 정보는 금방 퍼졌습니다."

"황실 마탑에서 나온 자들이 대놓고 나를 찾아다녔던 모양이군요."

"마치 일부러 소문을 퍼트리는 것처럼 다녀서 그대는 센트 싸인의 유명 인사나 다름없습니다. 마스터급의 검사가 센트 싸인에 마법을 배우러 온 것은 처음 있는 일이니 말입니다."

"후후후, 어지간히 급한 일이 있나 보군요. 그렇게 대놓고 찾고 있는 것을 보면 말이죠."

"그래 보이기는 했습니다. 참고로 말씀드리면 황실 마탑에서 나온 이들은 동쪽 길드에 머물고 있습니다."

"일간 한 번 찾아가 봐야겠군요. 궁금해할 테니 말이죠. '

엘라이스가 고개를 끄덕인다. 잘 생각했다는 뜻인 것 같다.

"그런데 기간트에 대해서 제가 알아볼 수는 없는 겁니까?"

"아닙니다. 특정인에게 속한 아이디어를 이용해 만들어진 것은 열람이 불가능하지만 일반적인 내용에 대해서는 아카데미 학생에게만은 공개가 원칙입니다."

"그렇다면 기간트에 대해서 알려주십시오."

"그렇게 하겠습니다. 저를 따라 오시기 바랍니다."

엘라이스가 인포메이션에서 나왔다.

그녀가 인포메이션에서 나오자마자 상당한 미모를 하고 있는 수인족 여인이 공간을 이동해 나타났다.

"휴식 시간인데 왜 불러내는 거야? 엘라이스!"

"손님이 오셨다, 에르마."

"손님? 네가 안내를 맡을 만큼 귀한 손님이……."

"손님이 계신데 시끄럽다."

엘라이스의 호통에 입을 다문 에르마라는 수인족이 나를 빤히 바라본다.

"안녕하세요. 저는 에르마라고 합니다."

"샤인 크리스입니다. 반갑습니다."

내 소개와 함께 인사를 건네자 에르마의 머리카락 사이에 삐죽이 솟아오른 고양이 귀 같이 생긴 귀가 쫑긋 서고 눈이 왕방울처럼 커진다.

"바, 반가워요."

"내가 자리를 비울 동안 잘 키우고 있어라. 절 따라오시죠,

샤인 님!"

"그러죠."

에르마에게 인포메이션을 맡기고 앞장을 서는 엘라이스의 뒤를 따라 건물 안쪽으로 자리를 옮겼다.

그곳에는 자그마한 이동 마법진이 있었다.

이동 마법진을 이용해 엘라이스가 나를 데리고 간 곳은 지하 공간이었는데, 거대한 전시실과 같은 곳이었다.

'상당히 크네… 저 안에 기간트가 들어 있는 모양이군.'

지하 공간은 상당한 규모였다. 높이가 대략 10미터 크기였고, 가로와 세로가 대략 500미터가 넘는 장방형의 공간이었다.

지하 공간 안에는 마치 관처럼 생긴 것들이 길게 서 있었다.

폭은 3미터, 높이는 천정에 맞닿은 금속 구조물이 2미터 정도의 간격을 두고 세워져 있는 것을 보니 그 안에 기간트가 들어 있는 모양이었다.

"이곳은 기간트 일만 기를 보관할 수 있는 격납고입니다. 각 플랫폼에는 현재까지 9,991기의 기간트가 수납되어 있습니다."

"지금까지 개발된 것이 9,991기라는 말이군요."

"그렇습니다. 특정인의 아이디어와 새로 개발된 기술이 적용된 기간트는 보실 수 없지만, 개발된 지 30년이 지난 것들은 상관없이 공개된 것을 보실 수 있습니다. 보시는 방법은……."

엘라이스는 기간트를 볼 수 있는 방법을 설명해 주었다.

공개된 종류의 경우 플랫폼이라고 불리는 거대한 관에 손을 대기만 하면 모습과 함께 정보를 알려준다는 말이었다.

공개되지 않은 것들은 관처럼 생긴 모습 그대로 아무런 변화도 일어나지 않고 말이다.

"방법을 설명 드렸으니 천천히 보시기 바랍니다."

"가시게요?"

"아카데미 학생에게는 개방된 곳이기도 하거니와, 근무시간이 아직 끝나지 않았습니다."

"그렇군요."

"어차피 다른 이들은 오지 않을 테니 나가면서 격납고를 닫아 두도록 하겠습니다. 문을 닫아 놓을 것이니 방해받을 염려는 없을 겁니다. 천천히 느긋하게 보셔도 될 것입니다."

"고맙습니다."

엘라이스는 인사와 함께 지하 공간을 나섰다.

이동 마법진을 통해 엘라이스가 나간 후, 곧 지하 공간이 격리되더니 출입구가 닫히기 시작했다.

'일부러 공간을 폐쇄하면서 나에게 기간트를 보여주려고 하는 것을 보니 뭔가 사정이 있는 모양이군. 엘라이스의 심중에 뭐가 있는지는 모르지만 일단 기간트부터 살펴보자.'

엘라이스의 속내가 궁금했지만 기간트에 대한 호기심이 컸기에 눈앞에 보이는 플랫폼 앞에 섰다.

엘라이스의 말대로 약간의 의지를 담아 손을 대자 플랫폼이 변하기 시작했다. 겉면이 투명해지며 안쪽의 모습이 드러나기 시작한 것이다.

'완전히 로봇이군.'

거대한 강철 인형이 투명한 플랫폼 안쪽에 있었다. 날렵한 기사의 모습을 하고 있는 기간트들은 한눈에 보기에도 매우 강력해 보이는 것들이었다.

"기간트에 관한 정보가 플랫폼의 창에 나타난다고 했었는데… 어디!"

손을 대기 무섭게 플랫폼 한쪽에 영상이 나타났다. 액정 화면으로 표출되는 디스플레이처럼 보이는 영상 정보였다.

'이 정도 기술력은 현실 세계에서도 10년 뒤에나 나오는 것인데 대단하군.'

푸른색과 붉은색으로 표출되고 있는 정보를 보면서 놀라움을 금할 수 없었다. 사물에 영상 정보 송출 장치를 다는 것은 미래에나 나올 기술이었기 때문이다.

— 젠, 어때?

— 접속이 가능할 것 같습니다. 하지만 직접 접촉을 해야 할 것 같습니다.

— 일일이 돌아다녀야 된다는 말이로군. 접속해서 정보를 빼내는데 얼마나 시간이 걸릴 것 같아?

— 해봐야 알 것 같습니다.

— 한 번 해보자고.

기간트에 대한 정보를 얻기 위해 디스플레이되는 영상 정보에 손을 댔다.

— 끝났습니다.

— 1초 정도 밖에 되지 않았는데, 벌써?

— 공개된 것이라서 그런지 시스템에 방화벽이 설치되어 있지 않았습니다.

— 좋아! 그럼 지금부터 정보를 얻어 보자고.

일일이 돌아다니며 공개된 기간트들의 정보를 얻었다. 손만 대면 젠이 알아서 정보를 빼내는 터라 하나씩 손만 대고 지나가면 그만이었다.

30년이 지나지 않은 100여기의 기간트를 빼놓고 대부분의 정보를 얻을 수 있었다.

'워낙 양이 많아서 그런지 꽤나 걸리는군.'

세 시간이 넘도록 돌아다녀야 했지만 얻은 정보가 꽤나 흡족하다, 양은 물론 질적인 면에 대해서도 아주 좋았으니 말이다.

'젠이 인지한 정보는 내 의식에 곧바로 각인할 수 있다. 내가 마음만 먹는다면 기간트에 대해서는 금방이라도 알 수 있을 테지만 저것들도 꽤나 궁금한데…….'

정보가 공개되지 않은 기간트들도 궁금하다. 최근에 만들어진 것들이라 최고의 기술들이 적용이 됐을 테니 말이다.

— 그런데 젠! 공개되지 않은 것도 가능할까?

— 한 번 시도해 보겠습니다.

— 좋아. 한 번 해보자. 잠시만 기다려줘.

혹시나 정보를 빼내다가 문제가 생길 수도 있기에 조치를 취했다.

플랫폼들은 모두 독립적으로 존재한다고 했으니 외부로 보내는 신호만 막으면 알려지지 않을 수도 있을 것 같아 기운을 끌어 올려 결계를 펼쳤다.

'됐다.'

결계가 완성되었다는 것을 확인하고 플랫폼에 손을 댔다. 아무런 정보도 표출되지 않았지만 기분 좋은 소리가 들렸다.

— 마스터. 방화벽이 쳐져 있지만 접속이 가능할 것 같습니다.

— 얼마나 시간이 걸릴 것 같아?

— 5분은 주셔야 할 것 같습니다.

— 좋아 시작하자.

— 알겠습니다. 마스터.

젠이 플랫폼을 뚫고 들어가 정보를 빼내기 시작했다. 상상할 수조차 없었던 정보들이 쏟아져 들어온다.

너무도 놀랍고 경악스러운 정보들이 말이다.

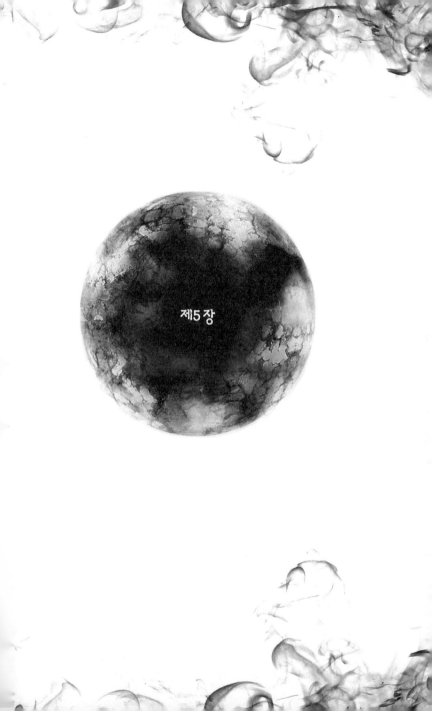

제5장

5

기초적인 지식은 있었기에 정보가 들어오는 대로 젠과 같이 인지를 했다.

공개되지 않은 정보의 내용을 확인하며 브리턴 제국에 대해 다시 생각할 수밖에 없었다.

'지구에서는 이능력을 메카닉이나 시스템에 덧씌우는 것이 겨우 실험 단계인데 여기에서는 이미 30여 년 전에 완성을 했다 니…….'

공개되지 않은 것들의 정보를 살펴보니 몇 가지 공통점이 있었다.

현실 세계, 그것도 내가 회귀하기 전에 보았던 최첨단 기술들이 이곳에서는 기초에 지나지 않는 다는 것을 알 수 있었다.

— 대단하군. 공개되지 않은 것들 이전에는 시스템과 메카닉이 우선이었다면, 공개되지 않은 것들은 크기도 축소되었고, 마법적인 장치가 우선이로군.

— 그런 것 같습니다. 슈트 형태에다가 마법적 장치를 이용해 거대화까지 가능한 것 같습니다.

— 더 있을 테니 좀 더 살펴보자고.

— 예, 마스터.

젠과 함께 공개되지 않은 것들을 살폈다.

나머지 것들도 처음 몇 개의 정보에서 추출해 낸 공통점이 대부분 적용이 되었고, 몇 가지 다른 공통점이 추가로 발견되기도 했다.

— 각종 이능을 사용하는 것은 물론이고, 마법적인 투사 무기까지 만들어졌군.

— 대단합니다. 기간트가 마법을 사용할 수 있다니 말입니다.

— 대단하지. 더군다나 들키지 않도록 아공간까지 활용할 수 있으니 더욱 무서워졌고 말이야.

— 그런 것 같습니다. 아공간을 이용해 소환과 동시에 착용이 가능하고, 거대화 기능에 투사 무기까지, 전략 병기가 따로 없는 것 같습니다.

— 네 말이 맞는 것 같다, 젠. 탑승자와 에너지 수급 문제를 해결해야 한다는 전제가 붙기는 하지만 정말 대단하군.

마지막으로 살펴본 기간트들은 한마디로 정의해서 전략 병기들이었다. 1기만으로 성 하나를 초토화시킬 수 있는 병기였다.

탑승자가 최소한 마스터 상급이어야 한다는 것과 엄청난 에너지를 잡아먹는다는 것이 약점이라고 여겨지지 않을 정도로 말이다.

사용 시간이 한 시간 정도밖에 되지 않는다고는 하지만, 그것만으로도 성 하나를 초토화시키기에는 충분했다.

— 젠, 여기 온 지 얼마나 됐지?

— 열두 시간이 지났습니다.

슬슬 나가봐야 할 것 같다. 느긋하게 보려고는 했지만 시간이 너무 지나 있었다.

격납고를 밖에서 잠가 놓기는 했지만 안에서는 언제든지 열수 있기에 문을 열고 밖으로 나섰다.

격납고 밖에서 문을 마주보고 엘라이스가 의자에 앉아 있었다.

'내가 들어간 뒤에 아무도 들여보내지 않기 위해 지키고 있었던 모양이로군.'

"끝나셨습니까?"

"덕분에 기간트에 대해 많이 알 수 있었습니다."

"그렇다면 다행이군요. 그런데 다른 길드들도 들리실 생각이십니까?"

"그럴 생각입니다만."

"밤이 깊었는데 내일 찾아보시는 것이 좋을 겁니다."

"벌써 그렇게 됐나요?"

"꽤 오래 계셨습니다."

"그렇군요."

"제가 연락을 취해 놓을 테니 오늘은 숙소에 가서 쉬시고, 남쪽 길드부터 시작하시면 됩니다."

"길드를 방문하는 순서도 있나요?"

"맨 처음 우리 길드부터 들리셨으니 특성상 남쪽 길드 다음에 서쪽, 그리고 동쪽 순으로 들리시는 것이 좋을 겁니다. '

"그럴지도 모르겠군요."

북쪽 길드는 마도 공학 및 기간트에 특화되어 있으니 연금술과 에너지에 특화되어 있는 남쪽 길드를 다음에 방문하는 것이 효율적이다.

그 후 흑마법과 네크로맨시를 다루는 서쪽 길드 다음에 백마법과 신성마법을 다루는 동쪽 길드를 방문한다면 효과적으로 마법들을 습득할 수 있을 터였다.

'아무래도 엘프들이 나에게 도움을 주려는 모양인데, 그냥 줄 리는 없고, 뭔가 바라는 것이 있는 모양이군.'

오늘 받은 도움도 상당한 특혜라고 할 수 있다. 엘프들이 무엇을 바라고 있는지는 모르지만 마법의 핵심들을 파악할 수 있을 테니 거절할 이유가 없다.

"고맙습니다. 이렇게 도움을 주시니."

"아닙니다, 도움이 되셨다니 다행이군요. 피곤하실 텐데 숙소로 돌아가 쉬십시오. 남쪽 길드에는 오전 아홉 시까지 들리시면 될 겁니다. 샤인 님을 안내해 줄 사람이 기다리고 있을 겁니다."

"알겠습니다. 그럼 저는 이만 가보겠습니다."

엘라이스에게 인사를 하고 북쪽 길드를 나섰다. 밖으로 나오니 환했던 실내와는 달리 어둠으로 물들어 있었다.

"마법으로 빛을 발하는 가로등들이 이렇게 즐비하다니, 역시 마법의 도시다운 모습이로군."

10미터 마다 거리에 가로등들이 설치되어 있었다. 모두가 라이트 마법으로 불을 밝힌 가로등들이다.

대륙에 존재하는 생활 마법 물품의 80퍼센트가 센트 싸인에서 나온다고 하지만, 괜히 마법 물품이 아니다.

마법 가로등만 하더라도 10골드를 상회하는 가격이라 도시에나 설치되어 있지 시골에서는 구경조차 할 수 없는 기물이었다.

'바쁜 일정이 될 테니 일단 숙소로 가서 쉬어야겠군.'

행정처에서 알려준 숙소로 가서 잠을 잤다. 개인적인 물품은 없지만 침대와 이불은 있기에 나름대로 편안한 잠을 잘 수 있었다.

다음날 아침 일찍 깬 나는 카페로 가서 간단하게 아침 식사를 한 뒤 남쪽 길드로 향했다.

'어제는 상당한 시간이 걸린 하루였다. 커리큘럼이 만들어지는 동안 짧은 방학이 시행되고 학생들의 휴식시간이 되면 복잡해지니 서두르자.'

오늘은 최대한 서둘러 길드들을 둘러볼 생각이다. 남쪽 길드를 빨리 돌아본 후, 서쪽 길드까지 들릴 예정이다.

그리고 내일은 동쪽 길드까지 학생들이 나오기 전에 모두 살펴볼 계획이었다.

남쪽 길드를 찾아가자 엘라이스 말대로 나를 기다리는 사람이 있었다.

나는 그녀를 본 순간 놀라지 않을 수 없었다. 엘라이스와 판에 박은 듯한 모습이었기 때문이다.

"제 모습 때문에 놀라셨군요. 저는 엘라이스 언니의 쌍둥이 동생인 엘레나라고 합니다."

"쌍둥이셨다니 놀랐습니다."

"저희 길드의 결과물을 보러 오셨을 테니 안내를 해드리겠습니다."

"고맙습니다."

엘레나의 안내를 받아 남쪽 길드의 제품들을 볼 수 있는 곳으로 갔다.

격납고라고 부르는 북쪽 길드와는 다르게 남쪽 길드에서는 제품들을 보관하는 곳을 창고로 불렀다.

이름은 다르지만 창고의 모습은 격납고와 하나도 다르지 않았다. 모두 만 개의 플랫폼이 설치되어 있었고, 정보를 보는 방법도 같았다.

"제품들을 보시는 방법은 이미 아실 테니 설명을 드리지는 않겠습니다. 문을 닫아 놓을 테니 천천히 보시면 됩니다."

"고맙습니다, 엘레나."

엘레나가 나간 후 플랫폼을 열고 젠의 도움을 받아 정보를 살폈다.

제품이라는 것들은 연금술로 만들어진 각종 물질들과 에너지들, 그리고 이것들을 활용하는 장치들이 전부였다.

정보가 개발되어 있는 것에서부터 닫혀 있는 것까지 모든 정보를 빼낼 수 있었다.

기간트와는 달리 시간이 얼마 걸리지 않았다. 이미 한 번 해본 터라 젠의 정보 인식 방법이 개선되었기 때문이었다.

덕분에 아홉 시에 들어갔는데 네 시간이 채 되지 않아 나올 수 있었다.

짧은 시간이기는 하지만 연금술과 관련해 특화된 길드답게 플랫폼을 통해 많은 것들을 얻을 수 있었다.

특히나 소재와 에너지에 관련된 것들은 혀를 내두를 지경이다. 자연에 작용하는 여러 가지 힘을 끌어들여 가공이 가능한 에너지로 만드는 장치는 거의 영구기관이나 다름없었다.

막대한 에너지가 필요하기는 하지만 가공된 에너지를 활용한 연금술로 철을 황금으로 바꾸는 것이 가능하다.

거기다가 각종 신소재를 만들어내는 것을 보면서 현실에서도 충분히 활용이 가능하다는 것을 알았을 때는 가슴이 떨리기까지 했다.

'나가보자. 다른 길드에는 무엇이 있을 지 궁금하다.'

떨리는 가슴을 진정시키며 창고 밖으로 나오자 엘라이스와 마찬가지로 엘레나가 문 밖의 의자에 앉아 지키고 있었다.

"곧바로 서쪽 길드로 가실 생각이군요?"

"그렇습니다."

"그럼 편히 가세요. 서두르신다면 서쪽 길드에서 만들어진 결과물들을 훑어보실 수 있을 겁니다. 샤인 님이 가신다고 연락을 해 놓도록 하겠습니다.

"알겠습니다. 그럼 저는 이만."

엘레나의 호의를 뒤로 하고 길드를 나섰다.

─ *기간트의 에너지원을 바꿀 방법을 찾는 것이 좋겠다. 젠.*

─ *얻은 정보를 토대로 한다면 새로운 에너지 장치를 만드는 데는 한 달 정도면 충분할 것 같습니다.*

─ *벌써 계산을 끝낸 모양이로군.*

─ *에, 마스터.*

─ *좋군. 그럼 가보자.*

젠과 대화를 나누며 서쪽 길드로 갔다. 흑마법과 네크로맨시를 하는 이들이 주로 모여 살기에 풍경이 음험한 편이다.

서쪽 길드에 들어가자 나를 기다리고 있는 엘프를 볼 수 있었다.

"기다리고 있었습니다. 저는 바이린이라고 합니다. 안으로 들어가시죠."

바이린이라는 이름을 가진 엘프는 무척이나 특별했다. 엘라이스나 엘레나와는 달리 바이린은 다크 엘프였다.

'다크 엘프는 그 수가 채 1만 명도 남지 않았다고 하던데 이곳에서 볼 줄이야.'

다크 엘프에 대해서는 이미 알고 있었다. 하탄에 있을 때 하도르로부터 설명을 들었다.

브리턴 제국의 인구는 대략 20억 명 정도다. 전체 인구수에 비하면 극소수일뿐더러 워낙 인구수가 적어 멸종할지도 모른다고 했는데 여기에서 일을 하고 있었다니 놀라울 뿐이다.

"놀라신 모양이군요. 보시는 대로 전 다크 엘프입니다. 여기를 거쳐 동쪽 길드로 가시면 저와 같이 다크 엘프인 바이네스 언니를 보실 수 있을 겁니다. 언니를 보실 때 너무 놀라지 않으셨으면 합니다."

"미안합니다. 너무 뜻밖이라서……."

내가 말이 없자 주의를 주는 바이린을 보며 사과를 했다.

"아닙니다. 저를 따라 오십시오."

"예."

바이린의 안내를 받아 결과물들을 볼 수 있는 공간으로 갔다. 형태는 지금까지 지나온 길드들에 있는 것과 별반 다를 것이 없었다.

그렇지만 결과물들이 생체 조직인 경우가 대부분이어서 그런지 온도가 매우 낮았다.

'이곳을 냉장고라고 부른다지, 아마.'

흑마법과 네크로맨시가 결합된 결과물들이 많은 플랫폼을 보관하는 이 공간은 냉장고라는 이명으로 불린다고 했다.

온도가 영하 4도를 항상 유지하는 터라 냉장고라는 이명으로 불리는 것 같다.

"조금 추울 텐데 괜찮으시겠습니까?"

"견딜 만하니 걱정하지 마십시오."

"하긴, 마스터라고 하셨으니 문제는 없겠군요. 저는 밖에서 기다릴 테니 결과물들을 살펴보시기 바랍니다."

"고맙습니다."

"그럼, 저는 이만."

바이런이 냉장고를 벗어났다. 지금까지와 마찬가지로 플랫폼으로 가서 손을 댔다. 역시나 비슷한 디스플레이가 플랫폼에 떠올랐고, 나는 젠을 이용해 정보를 빼냈다.

생명공학의 진수나 다름없는 정보들을 하나둘 빼내면서 돌아다니다 보니 여섯 시간 정도가 훌쩍 흘렀다.

'연금술 길드보다는 시간이 조금 더 걸렸군. 시장하니 나가서 뭐 좀 먹어야겠다.'

아침에 남쪽 길드를 나올 때 점심을 먹을 시간이 지나 있었던 터라 곧장 이곳으로 왔다. 시간이 많이 흘러 벌써 저녁을 먹을 때가 돼서 그런지 배가 조금 고팠다.

곧장 냉장고라고 불리는 공간을 나섰다.

'내가 냉장고 안을 살펴보는 동안 드나드는 사람을 막은 모양이로군.'

앞선 두 길드와 마찬가지로 바이린이 앞을 지키고 있는 중이었다.

"끝나셨습니까?"

"대충 다 둘러본 것 같습니다."

"도움이 되셨는지 모르겠습니다."

"충분히 도움이 됐습니다. 시간이 늦었으니 이만 가보도록 하겠습니다."

"그렇다면 다행이군요. 살펴서 가십시오."

"안녕히 계십시오."

바이린에게 인사를 하고 길드를 나섰다.

느껴지는 바이린의 시선에 뒤통수가 따갑기는 했지만 무시하고 곧장 카페가 있는 거리로 갔다.

카페로 가서 저녁 식사를 했다. 점심을 건너뛰었던 터라 제법 많은 양을 시켰는데 음식의 맛이 괜찮아 과식을 할 수밖에 없었다.

식사를 마친 후 곧바로 숙소로 돌아왔다.

아직은 커리큘럼을 더 짜야 하는지 카미 교수로부터 전해진 연락은 없었다.

'내일 동쪽 길드 방문이 끝나면 마탑을 구경하고 싶었는데 어렵겠군. 5층까지 공개되어 있기는 하지만 나머지 층을 구경하려면 교수의 안내가 있어야 하는데 말이야.'

센트 싸인 마탑은 지상 5층까지만 공개가 되어 있다. 대부분 행정 수요를 충당하기 위한 공간이다.

그 위로는 아무리 학생이라도 공개가 되지 않는다. 교수진의 숙소가 있기도 하지만, 개인적인 연구 공간이기도 하기 때문이다.

교수가 동반하는 학생이라면 모를까 아무나 드나들 수는 없었다. 카미 교수의 연락이 없는 것을 보니 마탑을 구경하는 것은 어려울 것 같다.

'연락이 없는 것을 보니 바쁜 모양이군. 좀 씻자.'

우선 욕실로 향했다.

몸을 씻고 나와 가부좌를 틀고 앉았다.

'내일도 할 일이 없을 테니 지금부터 얻어낸 정보나 분석해 봐야겠군.'

— 젠, 전부 인식을 할 테니 그동안 주변을 경계해.

— 염려하지 마십시오, 마스터.

젠에게 경계를 부탁하고 응접실에서 명상에 들었다. 그러고는 정보들을 인식하며 하나하나 살펴 나갔다.

'으음, 정말 대단하군. 프리온에 있는 기술이나 마법들에는

미치지 못하지만 굉장한 성과다. 아카데미에서 전수받은 것들로 이정도의 성과라면 도대체 어떤……'

아카데미에서 전수된 마법학의 원천을 응용해 만들어진 것들이 주는 놀라움은 경악스러울 정도다.

어쩌면 프리온에서 연구되고 있는 기술들에 필적하지 않을까 하는 생각도 들었다.

'여기서 응용된 것들은 전부 커리큘럼에서 만들어진 것이라고 하던데……'

아카데미의 커리큘럼이 무엇인지 궁금하지 않을 수 없다. 도대체 어떤 식으로 배우기에 이런 결과물들이 나오는지 말이다.

센트 싸인 마법 학교, 아니 정확히 말해서 제국 마법 아카데미는 어느 정도 마법적 소양을 갖춘 이가 입학하는 곳이다.

입학 기준이 4클래스 이하인 것으로 볼 때 배우면서 연구하는 것이 가능해 보였다.

그런 이들이 만들어낸 결과물들이라고 보기에는 수준이 높아도 너무 높다.

센트 싸인이 유명한 것은 마법계의 유명인 대부분이 이 학교 출신이기 때문이다.

마법 학회의 학회장도 이 학교 출신이고, 마법의 나라라 불리는 브리턴 제국의 황실 마법부 수장도 이 학교 출신이 대부분이었다.

이런 결과물은 우연히 나온 것이 아니다.

마법 관련 인물들 대부분을 배출해 낼 정도로 센트 싸인의 교육은 제국에서도 정평이 나 있었다.

학교의 역량을 알 수 있는 교수진을 살펴보면, 최하 6클래스 유저가 되어야 2급 교수인 전임 강사를 할 수 있다.

7클래스 초입에 든 마법사도 1급 교수인 조교수밖에는 할 수 없는 곳이 바로 센트 싸인이다.

정교수로 선임되려면 7클래스 마스터급의 실력은 기본으로 갖추고 있어야 했고, 파트별 학장을 맡으려면 최하 8클래스 마스터는 되어야 하니 그야말로 최고의 교수진이라 아니할 수 없었다.

재정 상태도 마찬가지다. 제국 마법 아카데미는 학생들로부터 수업료를 받지 않는다. 학생들은 전부 장학생이다.

마법 관련 산업의 중심에 있다 보니 자체적으로 얻는 수입만으로도 재정을 충당할 수 있기 때문이다.

더군다나 졸업생들은 물론 대부분이 귀족인 학생들의 학부형들이 아낌없이 센트 싸인에 투자를 했다. 워낙 결과물들이 특출나기 때문이다.

재정 상태가 제국의 그 어느 마법 학교보다 튼튼할 뿐 아니라 비호하는 귀족 세력까지 빵빵하다.

이런 좋은 환경으로 인해 언제나 최고의 영재들만이 입학을 했다.

입학생을 고르는 기준 중 제일 중요한 것은 학생들의 재능이었다. 실력 있는 하급 마법사나 천재적인 자질을 가지고 있는 학생만이 센트 싸인을 발전시킬 수 있으니 말이다.

더군다나 공정한 평가를 통해 필요한 인재를 양성하니, 대륙에 존재하는 수많은 마법 학교를 제치고 언제나 최고의 자리를 지키고 있는 곳이 바로 센트 싸인의 제국 마법 아카데미였다.

'하지만 그런 것만으로 센트 싸인이나 제국 마법 아카데미를 설명할 수는 없다.'

교수진들이 마법계의 고위층들이라고는 하지만 결과물들 중 이들이 연구한 것은 손에 꼽을 정도다. 대부분이 학생들이 만들어낸 결과물이다.

천재급의 영재들이 입학을 한다고는 하지만 이런 수준의 결과물들을 만들어 낸다는 것은 믿을 수 없는 일이다. 수준도 수준이려니와, 결과물들에서 세월의 흔적을 느낄 수 있었으니 말이다.

정보를 분석해 보면 결과물들은 오랫동안 축적된 연구를 통해 만들어진 것들이다. 학생들이 만들 만한 것들이 아니다.

'종합해 보면 모든 비밀은 커리큘럼에 있음이 분명하다. 6개월 동안 밖으로 나올 수 없는 것도 그렇고, 특별한 과정을 거치는 것이 틀림없다. 사실 어느 정도 짐작이 되기는 하지만 아직은 확실한 것이 아니니 이 정도로 하자. 동쪽 길드를 둘러보면 뭔가 결론이 나오겠지.'

30년 전 단행된 커리큘럼에 대한 개혁은 마법을 발전시켰다.

마법 관련 산업을 획기적으로 발전시킨 원동력이 커리큘럼임을 짐작할 수 있었기에 내일 동쪽 길드에 들린 후 생각해 보기로 했다.

결과물을 통해서 역으로 원인을 살펴보려는 것이다.

동서남북 네 개의 길드는 아주 밀접한 연관성을 가지고 있다. 플랫폼에 보관되어 있는 결과물들은 그냥 만들어진 것이 아니다.

다른 커리큘럼에서 나온 연구 결과물을 통해 보완이 됐고, 더욱 좋게 변한 흔적이 역력했다.

'얻은 정보들을 살피고 생각하다 보니 시간이 많이 흘렀구나. 인식이 확장된 탓에 정신적으로 문제는 없지만 조금은 자두는 것이 좋을 것 같다.'

날이 밝기까지 두어 시간 남았지만 일단은 잠을 자두기로 했다. 잠깐만 잠을 자도 피곤한 것이 사라지니 날밤을 새우는 것보다는 나을 터였다.

어둠이 깊어 새벽으로 가는 시간, 제국 마법 아카데미 중심에 있는 센트 싸인 마탑의 최고층에는 다섯 명의 인물들이 오망성이 선명하게 새겨져 있는 원탁에 앉아 서로를 보고 있었다.

다섯 명의 인물들은 모두 엘프들이었는데, 그 중에는 샤인이 만나 보았던 엘라이스와 엘레나, 그리고 바이린이 자리하고 있었다.

다른 두 명 중 한 명은 바이린과 비슷한 모습의 다크 엘프로 그녀의 언니인 바이네스였고, 다른 한 명은 엘프들의 왕족이라고 할 수 있는 하이 엘프였는데 브리턴 대륙에서 살고 있는 모든 엘프들의 최고 통치자인 에스미아였다.

다섯 명이 모인 시간은 자정이었다. 벌써 세 시간이 넘도록 자리에 앉아 있지만 말소리가 오고가지는 않았다. 침묵만이 자리를 지키고 있었다.

긴 시간 침묵이 이어지고 있지만 사실 대화가 단절된 것은 아니었다. 다섯 명의 엘프들은 보안을 위해 심상의 언어로 지금까지 대화를 나누고 있었던 것이다.

― 바이네스, 당신이 내린 결론은 도대체 뭐지요?

엘프의 근간이라고 할 수 있는 세계수의 씨앗을 건네자는 제안에 반대를 하고 있는 바이네스를 향해 에스미아가 물었다.

― 저는 아직 그 인간을 만나보지 않았습니다. 바이린이나 다른 자매들은 그를 인정할지 몰라도 저는 아닙니다.

"휴우……."

계속해서 같은 대답을 내놓는 바이네스의 전언에 에스미아가 자신도 모르게 한숨을 쉬었다.

이대로 결론이 나지 않는다면 아무것도 되지 않을 것이니 말이다.

'순혈 엘프와 다크 엘프가 뜻을 같이 한 것이 겨우 30년이다. 세계수의 씨앗을 넘기는 일에 쉽게 찬성하지는 않을 줄 알았지만 저렇게 무작정 고집만 부리다니……'

자신의 동생인 바이린이 적극적으로 찬성을 하고 나섰음에도 바이네스가 반대를 하는 것은 한 가지 이유 때문이다.

바로 순혈 엘프들을 이끌고 있는 엘라이스와 엘레나가 적극적으로 찬성을 하고 있기 때문이다.

30년 전 순혈 엘프와 다크 엘프 사이의 전쟁이 끝났다. 장장 300년간을 이어진 전쟁이었다.

30년이라는 세월이 인간에게는 오랜 시간이겠지만 엘프들에게는 아니다. 바로 어제나 다름없는 일이다.

'아직까지 전쟁의 잔재를 씻어내지 못했다는 것은 알았지만 이렇게 무조건 반대를 하다니 힘들구나. 시간이 얼마 없는데……'

에스미아는 더 이상 설득이 어렵다는 것을 깨달았다.

언제나 이성적인 순혈 엘프와는 달리 감정에 충실한 존재가 다크 엘프다.

다크 엘프의 감정이 담긴 고집은 엘프들의 통치자인 자신이라도 풀 수 없는 일이었다.

종족의 특성이니 말이다.

'아직까지는 시간이 있다. 길드들을 지나온 시간을 살펴보면 커리큘럼이 끝나기 전까지는 나올 수 있을 테니 말이다.'

— 알았어요. 바이네스는 그를 직접 보고 확인하도록 해요. 더 이상은 말리지 않을 테니까요.

— 고맙습니다.

— 좋아요. 세계수의 씨앗 문제는 그렇게 해결하기로 하고, 더 이상 할 말은 없나요?

에스미아의 질문에 모두 입을 다물었다. 질문이 없다는 이야기였다.

— 세계수의 씨앗을 그가 가지게 되면 우린 오랜 세월 동안 빌어온 염원을 이루게 될 거예요. 바이네스가 최종 확인을 하려는 것에 대해 엘프들의 여왕의 권위로 인정하는 바예요.

선언하듯 이어지는 에스미아의 전언에 원탁을 마주하고 앉아 있던 네 명의 엘프가 고개를 숙였다.

인간으로 친다면 자신들에게 왕명이 떨어졌기 때문이었다.

— 에스미아님. 그러면 그자를 언제 만나실 생각이십니까?

살짝 고개를 숙여 인사를 한 엘라이스가 물었다.

— 커리큘럼이 모두 끝나는 2년 후라면 모를까 아직은 아니에요. 아직은 시간에 여유가 있으니 그동안 미진한 부분을 보완하고 더 많이 준비를 할 생각이에요.

— 신탁이 내려왔다고는 하지만 아직 그자를 믿을 수 있는 것은 아니니 조금 더 조사를 해보는 것이 좋을 것 같습니다.

— 바이네스!!

시간의 여유가 있다는 말에 또다시 자신의 생각을 꺼내 놓는 바이네스를 향해 에스미아가 소리를 질렀다.

지금까지 100여 년간 에스미아를 모셔왔지만 처음 보는 모습에 나머지 사람들이 깜짝 놀랐다.

— 에스미아 님!

— 고정하십시오.

내일 만나보고 결정을 하기로 해놓고 시간을 끄는 바이네스의 행동에 에스미아는 진정으로 화가 나 있었다.

지나간 일을 마음에 두는 것은 개인적인 일이라 뭐라고 하고 싶지 않았다.

그러나 엘프 전체를 위한 일에 사사로운 감정을 대입하고 있는 바이네스의 태도가 정말 못마땅했다.

— 바이네스, 결론을 내려놓고도 그렇게 계속 주장한다면 정말 가만히 있지 않을 테니 각오하는 것이 좋을 거예요. 나 에스미아 드바니스의 이름을 걸고 절대 용서하지 않을 테니까요. 이만 회의를 끝내겠어요.

— 에, 에스미아님.

에스미아의 말에 바이린이 몸을 떨며 말했다. 이름을 건다는 것은 절대 용서하지 않겠다는 뜻이고, 잘못을 저지를 경우 목숨을 거두겠다는 말이었기 때문이다.

— 바이린, 이번 일은 결코 사사로운 일이 아니에요. 바이네스가 자신의 고집대로 한다면 나도 어쩔 수 없는 일이에요. 이건 우리 엘프 전체를 위한 일이니까 말이죠. 난 이만 가보겠

어요.

파팟!

바이런을 향해 한마디 던진 에스미아의 신형이 원탁에서 사라졌다. 그녀가 앉아 있던 자리에 있던 오망성이 희미해지며 빛을 잃었다.

에스미아가 사라지고 난 직후, 엘라이스가 노기를 띠며 자리에서 일어났다.

— *바이네스, 우리에게 감정이 있다는 것은 알지만, 네 고집대로 할 경우 나 또한 가만히 있지 않을 것이다.*

— *나 또한 마찬가지에요, 바이네스.*

에레나가 일어나며 엘라이스를 거들었다. 둘의 눈에는 노여움이 가득했다. 자신만 피해를 입은 것처럼 구는 바이네스의 태도에 화가 난 것이다.

— *가자! 엘레나.*

— *웅, 언니!*

파팟!

순혈 엘프인 두 사람이 자리를 떠나자 앉아 있던 곳의 오망성 또한 빛을 잃었다.

— *언니, 도대체 왜 그러는 거예요?*

세 사람이 떠나고 나자 남아 있던 바이런이 원망 어린 눈초리로 물었다.

— *미안하다, 바이린. 나도 어쩔 수가 없구나.*

— 좋아요. 언니의 마음이 그렇다면. 하지만 에스미아님 말씀대로 엘프들의 염원을 저버리는 짓을 저지른다면 나도 절대 용서하지 않을 거예요.

팟!

흘러내리는 눈물을 닦을 생각도 하지 않은 채 말을 마친 바이린은 그 자리에서 사라졌고, 그녀가 앉아 있던 자리의 오망성도 빛을 잃었다.

모든 사람들이 장내에서 사라진 후, 바이네스는 괴로움이 가득한 눈빛으로 하염없이 자신의 오망성만이 켜진 원탁을 바라보았다.

'아직은 진실을 밝힐 수 없지만 확실히 해야 한다. 샤인이라는 자가 그자의 끄나풀이라면 우리 엘프들에게는 희망이 전혀 없으니까.'

자신에 대해 질책이 있었지만 바이네스로서도 어쩔 수 없는 일이었다.

자신이 알고 있는 것이 사실로 밝혀질 경우 감당할 수 있는 엘프가 아무도 없었기 때문이었다.

'에스미아님이 말리시는 일이지만 내일 샤인이라는 자를 시험해 볼 것이다. 만약 그자와 연관된 점이 조금이라도 밝혀진다면 기필코 목숨을 거둘 것이다.'

바이네스는 자신의 모든 것을 걸고 샤인을 시험해 보기로 마음을 먹었다.

엘프라는 본질을 잃어버리는 시험이지만 엘프의 멸종 보다는 나은 선택이기에 바이네스는 모진 결심을 했다.

다음날 아침, 눈을 뜨자마자 카페로 향했다.

딸기 잼을 바른 부드러운 식빵과 계란 프라이로 아침을 때운 후 백마법과 신성마법을 이용해 결과물을 만들어내는 동쪽 길드로 향했다.

서쪽 길드에서처럼 다크 엘프가 기다리고 있었다. 바이린의 언니인 바이네스가 분명했다.

"어서 오세요. 바이네스라고 해요."

"바이린에게 들었습니다. 샤인 크리스라고 합니다."

"일단 저를 따라오세요."

바이네스는 나를 플랫폼이 보관된 공간으로 안내했다.

"이곳에 보관된 것들은 대부분이 약품들이에요. 그래서 실험실이라고 달리 부르기도 하지요. 저는 이만 나가볼 테니 천천히 보시면 될 거예요."

"알겠습니다."

바이네스가 고개를 숙여 보인 후 밖으로 나갔다.

그녀가 나가고 문이 잠긴 것을 확인한 후에 플랫폼을 개방해 정보를 빼냈다.

세 개의 길드를 거쳐 와서 그런지 이번에 걸린 시간은 그리 길지 않았다. 두 시간이 조금 넘었을 때, 젠의 도움으로 모든 정보를 얻을 수 있었다.

손을 대는 것만으로 찰나에 정보를 빼내올 수 있었다. 정보를 빼내는 시간보다 플랫폼을 하나하나 터치하는 시간이 더 걸렸기에 두 시간이 흘렀다.

— 젠, 어때?

— 프리온과 연관이 많기는 하지만 독자적인 개발도 이루어지는 것 같습니다. 공개되지 않는 것들 중에는 프리온의 것을 능가하는 것도 많으니 말입니다.

— 아무래도 커리큘럼이 원인인 것 같지?

— 그렇습니다. 이런 형태로 커리큘럼이 바뀐 것이 30여 년 전부터였으니 말입니다.

— 30여 년 전에 뭔가 획기적인 변화가 일어난 모양이로군.

— 그런 것이 분명합니다. 프리온과 연관이 있는 것은 분명하지만 정보가 부족하니 최대한 많이 알아봐야 할 것 같습니다.

— 부탁해, 젠.

— 염려하지 마십시오. 마스터.

— 이만 나가보자. 카미 교수의 연락이 와 있을지도 모르니 말이야.

곧바로 실험실이라 불리는 공간을 나섰다.

하지만 지금까지 다른 길드에서 보았던 것과는 다른 것이 나를 기다리고 있었다.

길드 내부가 아니라 결계로 감싸인 공간이다. 길드 사무실이 아니라 전혀 다른 새로운 공간이 내 눈앞에 나타났다.

'바이네스는 다른 생각을 가지고 있었던 모양이군.'

길드에 들어올 때부터 조금 다르다는 생각을 하고 있었는데 역시나 예감이 빗나가지 않았다.

다크 엘프인 바이네스가 딴 생각을 가진 것 같으니 말이다.

"의도가 뭐지?"

"널 시험하고자 한다."

"후후후, 나를 시험한다고?"

"그렇다."

스스슷!

말이 끝나기 무섭게 바이네스의 복장이 바뀐다. 검은 색의 전신 갑주가 그녀의 전신을 에워쌌다.

'이런 상황만 아니라면 꽤나 눈요기가 됐을 텐데 아섭군.'

볼륨감을 그대로 드러낸 그녀의 흑색 갑주는 꽤나 아름답다. 8등신 모델은 저리 가라고 할 정도로 말이다.

― 젠, 기간트인 것 같은데?

― 최종 버전의 슈트형 갑주가 분명합니다.

― 나를 시험한다고 했는데 무력이 어떤지 보려고 하는 건가?

― 그녀의 마나가 마치 센서처럼 주위에 드리워진 것을 보니 그것은 아닌 것 같습니다.

― 어떤 방식인지는 모르지만 내가 가진 기운을 탐색하려는 보양이로군.

― 확실한 것 같습니다. 마스터.

― 나에게 결과물들을 공개한 것을 보면 의도가 꽤나 재미있는 것 같은데, 한 번 어울려 봐야겠군.

― 조심하십시오.

바이네스의 기세가 심상치 않다. 젠이 말하지 않아도 조심할 생각이다.

우선 전신에 마나를 둘렀다.

기간트에 대한 정보를 얻으면서 유심히 살펴봤던 각종 아이템들을 마나를 구현해 장착하는 것도 잊지 않았다.

바이네스처럼 금속으로 만들어진 것이 아닌, 마나로 만들어진 슈트형 갑주가 만들어진 것이다.

'각오가 남다른 눈빛이군.'

머리에서 발끝까지 감싼 슈트형 갑주에서 바이네스를 확인할 수 있는 것은 눈빛뿐이다.

팟!

콰―앙!!

바이네스가 공간을 접듯 다가와 내지른 다리를 손으로 막자 굉음이 울린다.

콰―콰콰콰쾅!!

연이어 공격을 이어가는 바이네스와 그걸 막아낸 탓에 기운과 기운이 부딪치며 만들어낸 충격파가 공간을 울려 댔다.

쾅!! 콰콰콰콰쾅!!

손발을 물론 전신을 사용해 사정없이 이어지는 연격이 매섭기 그지없다.

'대단하군.'

보통 사람이면 보이지 않을 정도로 빠른 속도로 빠르게 이어지는 공격임에도 호흡이 하나도 흐트러지지 않는다.

바이네스의 경지가 결코 낮지 않음을 알 수 있었다.

'그나저나 엄청난 체술이다.'

신체적인 능력이 월등히 뛰어나기도 하지만, 바이네스가 시전하고 있는 체술에서 오묘함이 엿보인다.

오랜 세월동안 실전을 통해 다듬어진 것인지 허점이 보이지 않는다.

'매영에서 배운 것들을 써먹어볼 기회로군.'

드러난 허점도 연격을 통해 자연스럽게 감추는 것을 보니 흥이 돋는다.

선수를 허용한 터라 공세로 전환하기 위해서는 수고가 필요할 터였다.

주먹을 곧게 펴 한 발자국 정도 뒤로 물러났다가 다시금 달려드는 바이네스를 향해 가리켰다.

빠르게 다가오던 바이네스는 내 주먹에서 일고 있는 흉포한 기운을 느낀 것인지 곧바로 몸을 비튼다.

'그렇다고 피할 수 있는 것이 아니지.'

주먹이 한 점을 타격한다면, 이 공격은 손바닥을 이용해 공간을 때리는 기술이다. 공간을 격해 면을 파괴하는 기술이라 바이네스가 빠르게 몸을 틀었음에도 허리 쪽이 걸렸다.

콰―직!!

"크윽!"

슈트형 갑주가 움푹 들어가자 바이네스의 신음이 들렸다.

퍼퍼퍼퍼퍽!

"커어억!"

연이어 뿜어지는 격공장에 바이네스의 슈트가 움푹움푹 들어가자 격한 신음이 들린다.

'다른 존재다.'

비록 찰나의 순간이기는 하지만 바이네스의 것과는 격이 다른 기운이 느껴졌다. 센트 싸인에 오기 전에 한번 느꼈던 것과 비슷한 기운이다.

'역시, 그랬군.'

바이네스의 행동이 이상하다고 느꼈는데, 누군가 그녀의 의식을 잠식하고 있는 중인 것 같다.

'그렇다면!'

주먹에 기운을 더 담았다. 조금 전과는 비교할 수 없을 만큼 강한 기운이다.

퍼―억!

공간을 격해 내지른 일격이 그녀의 명치에 격중했다.

"커억!!"

답답한 심음과 함께 바이네스가 주저앉았다. 주저앉은 바이네스의 얼굴을 가리고 있던 슈트가 해제됐다.

"우웩!!"

바이네스는 커다란 타격을 입은 듯 입으로 피를 쏟아냈다.

"그, 그만 하세요."

주먹을 쥐고 다시 공격을 하려 하자 손을 들어 제지하는 바이네스였다.

"시작은 네 마음대로 했겠지만 끝내는 것은 나다."

퍼퍼퍼퍽!

이번엔 주먹을 쥐고 공간을 격해 아직 슈트로 가려진 바이네스의 전신을 타격했다.

"아아아아악!"

찢어지는 비명 소리가 울렸지만 신경쓰지 않았다.

"계속해서 비명을 질러라. 그리고 네 실체를 드러내라."

퍼퍼퍼퍼퍽!

지금 나는 주먹을 통해 내지르는 기운에 이 세상에 존재하는 마나가 아닌 내 본연의 기운을 싣고 있다.

수용소를 탈출하며 내 몸속으로 파고 든 후 모든 것을 변화시킨 기운이었다.

이렇게 하는 이유는 바이네스의 의식을 장악하고 있는 존재를 제압하기 위해서였다.

마나로 인한 타격은 육체에만 적용되지만, 내 심장을 온통 녹색으로 물들인 이 기운은 영혼을 건드린다.

육체뿐만 아니라 영혼에 직접적인 타격을 줄 수 있다는 뜻이다.

'그것이 다른 존재일지라도 말이지.'

퍼퍼퍼퍼퍽!

전신을 사정없이 두들겼다. 타격이 컸는지 이제는 비명조차 지르지 못하고 있다.

털썩!

바이네스가 널브러졌다. 무력해진 육체가 힘을 잃어버린 탓이었다.

기운을 담기는 했지만 처음과는 달리 육체적인 타격은 그리 크지 않다.

접하자마자 곧바로 스며들어 영혼만 타격해 의식을 무력화시키니 몸이 말을 듣지 못할 뿐이다.

"으으으……."

바이네스는 답답한 신음만 흘리고 있다. 아니, 의식을 장악하고 있는 이름 모를 존재의 신음이다.

"넌 누구냐?"

"……."

"순순히 대답을 해라. 그렇지 않으면 소멸시켜 버릴 테니!"

부르르르르!

사정없이 몸을 떤다. 내가 한 말이 헛소리가 아님을 인식한 모양이다.

― 내 말이 허튼소리가 아니라는 걸 알 텐데?

의지를 실어 의식으로 직접 전달했다.

바이네스의 의식을 장악하고 있는 인 외의 존재, 그녀에게로 말이다.

― 어, 어떻게?

― 후후후, 놀랐나?

언령에 가까운 의지의 전달에 놀란 모양이다. 굳건하기 그지 없는 의지의 산물이 흔들리는 것을 보니 말이다.

― 너, 너는 누구냐?

― 아직도 정체를 감추고 싶은 것이냐?

― 나, 나를 알고 있나?

― 네 진명은 모르지만 실체는 잘 알고 있지. 신이라 불리는 존재도 의식의 산물일 뿐이라는 것을 말이야.

― 아!

― 어서, 진명을 드러내라. 그렇지 않으면 네 존재부터 지워 버릴 테니까 말이야.

바이네스의 의식을 장악하고 있는 존재는 우리가 신이라 부르는 족속이다.

차원을 넘나들며 피조물을 마음대로 장악해 자신의 의지를 행사할 수 있는 존재.

바이네스의 머리에 손을 얹었다. 그리고 심장으로부터 끌어
낸 기운을 주입했다.

— *아아아아악!*

— *말해라! 너의 진명을!*

— *나, 나는 아테네……*

— *분명히 진명을 말하라고 했다.*

기운을 더 주입하고 압박을 했다.

— *나는 미네르바. 명계의 여신!*

진명임이 느껴진다.

드디어 찾아낸 것 같다.

신격의 좌를 가진 존재를.

제6장

그녀는 짐작한 대로 아주 오래 전부터 유럽을 장악하고 있는 존재 중 하나였다.

'역시 그쪽이었군. 본체가 아니어서 다행이다. 그렇지 않았다면 당하는 것은 내가 됐을 테니.'

사실 내가 제압한 것은 본체가 아니다. 이름을 얻은 의지 중 하나에 불과하다. 근원의 존재를 두고 차원을 넘나들며 신으로 존재하는 의지 말이다.

'본체라면 모를까, 이 정도라면 충분히 제압할 수 있다.'

세계와 세계를 잇는 터미널이나 마찬가지인 존재라 제압할 수 있을 것 같다.

하탄 마탑주의 의식 속에 깃들어 있는 존재가 본체라면, 지금 내가 제압한 미네르바는 허깨비에 불과하다고 할 수 있으니 말이다.

― 너의 진명은 미네르바! 존재의 의미를 지우지 않고 종속시킨다.

수욱!

심장이 허한 느낌이다. 의지를 실은 내 기운이 빠르게 빠져나간다.

의지를 실은 탓에 의식 속에 빠르게 스며든다.

의식 속에는 마치 결정처럼 존재하는 미네르바의 의지가 느껴진다.

콰―직!

결정에 금이 가며 내 의지가 스며든다.

컴퓨터를 잠식하는 바이러스처럼 미네르바의 의지를 집어삼켜 가며 결정을 변화시킨다.

'미네르바의 터미널 중 하나가 내 것이 됐군. 바이네스의 의지가 살아 있어서 다행이다.'

기운을 담은 의지에 잠식된 후 내게 완전히 종속되었다는 것이 느껴진다.

아무리 본체가 아니라고는 하지만, 손쉽게 신이라 불리는 존재의 터미널을 장악했다.

모두가 바이네스의 의지가 살아 있어서 가능한 일이었다.

신에게 잠식당한 존재가 본래의 의지를 찾는 다는 것은 어려운 일이다. 동기화가 된 후 의식 자체가 지워지기 때문이다.

미약하나마 존재의 의지가 남아 있어서 바이네스의 본래 의지가 지워지는 것을 막을 수 있어 다행이었다.

— 정신을 차릴 수 있겠나?

정신을 일깨우자 바이네스의 의지가 살아났다.

— 고, 고마워요.

— 자신이 잠식당했다는 것을 알고 있었나 보군.

— 알고 있었어요.

— 본래의 의지가 죽지 않았는데 어째서 미네르바에게 내주었던 것이지?

신에게 잠식당했는데도 의지를 계속 유지하고 있었던 것이 분명한 바이네스다.

오랫동안 그렇게 유지를 해 왔을 텐데 미네르바에게 완전히 잠식당했다는 것은 뭔가 이유가 있지 않으면 일어나지 않을 일이었기에 묻지 않을 수 없었다.

— 신탁에서 정한 사람이 당신이라고는 하지만 확인하지 않을 수 없었어요. 당신이 그들과 한통속이라면 엘프의 운명은 그것으로 끝이니까 말이죠.

— 잠식당한 이들이 많나?

— 수가 얼마나 되는지 우리도 잘 몰라요. 하지만 우리 엘프들과 같이 정령신의 언령으로 보호받지 못하는 존재들은 모두

잠식당했다고 봐도 무방해요.

― 당신도 정령신의 언령으로 보호를 받고 있어서 아직 의지가 살아 있었던 모양이군.

― 그래요. 나 또한 정령신의 언령으로 보호를 받고 있는 존재죠. 그럼에도 잠식을 허용한 것은 이유가 있어요.

― 이유?

― 당신 세계에서 말하는 스파이 같은 존재예요, 저는.

― 내가 속한 세계에 대해서도 알고 있는 모양이군.

― 맞아요. 아테네, 아니 미네르바에게 잠식을 당한 후에 알게 되었죠, 당신이 속한 세계에 대해서.

― 일부러 잠식을 당하고 정보를 얻었나 보군.

― 그렇기는 하지만 많은 것을 알지는 못해요. 내가 얻은 정보라고는 당신 세계의 겉모습뿐이니까요. 그런데 내 의식에 덧씌워진 존재를 당신이 지운건가요?

― 지운 것은 아니야.

― 지운 것이 아니라면······.

― 지우면 이상이 생겼다는 것을 알아차릴 수 있기에 내게 종속을 시켰어.

― 안돼요!!

비명성과 함께 바이네스가 기운을 일으켰다. 종속시킨 터미널을 지우려 하기에 강제로 그것을 막았다.

― 왜죠?

― 후후후, 걱정하지 마. 네가 쳐준 결계 덕분에 종속 과정이 알려지지 않아서 그쪽에서는 알아차릴 수 없을 테니까.

― 하지만…….

― 전과는 좀 다를 거야. 네가 정신만 차린다면 이쪽에서도 그쪽의 상황을 지켜볼 수 있을 테니 지우려는 생각은 하지 마. 정보를 제대로 얻지 못했으니 이제라도 제대로 정보를 얻어 봐. 네가 이렇게 행동하는 것을 봤을 때 원하던 것을 얻을 수 있을 테니까.

― 다, 당신!!

― 엘프들 중에서 잠식당한 존재를 찾기 위해 일부러 미네르바에게 의지를 내준 것이 아니었나?

― 아, 알고 있었군요.

― 맞아. 나도 상대가 모르게 터미널을 장악할 수 있는데 상대라고 못하지는 않겠지. 그러니 잘 찾아봐.

― 무슨 말인지 알겠지만 어려워요. 지난 삼천 년간 대를 이어오며 찾아봤지만 도무지 실체를 찾을 수 없었어요.

― 너에게 선물을 하나 줄 거야. 그거라면 어렵지 않게 찾을 수 있을 거야. 엘프들 사이에 스며든 본체를 말이야.

― 저, 정말인가요?

― 믿지 못하겠지만 사실이야. 하지만 섣불리 어떻게 할 생각은 포기해. 나도 본체 하나를 발견했지만 어쩌지 못하고 있으니까 말이야.

— 아!

— 그저 지켜보기만 해. 얼마 지나지 않아 본체들을 상대할
방법을 찾을 수 있을 것 같으니까.

— 아, 알았어요.

— 그나저나 이번 일로 인해 에스미아나 다른 이들과 트러블
이 있는 것 같은데, 잘 정리해.

— 기, 기억을 읽으신 건가요?

— 터미널을 장악하려면 의지를 뚫고 들어가는 것은 기본이
야.

— 알겠어요.

— 자, 이제부터 선물을 줄 테니까 잘 받아. 사용하는 법은
각인을 시킬 테니까 금방 알 수 있을 거야.

— 고, 고마워요.

나는 아직까지 무릎을 굽히고 바이네스의 머리에 손을 얹고
있는 중이다.

진심인 듯 바이네스가 고마운 눈빛으로 나를 보고 있다.

바이네스에게 선물을 주기 위해 기운을 퍼트려 주변을 차단
했다. 결계를 펼친 것은 이 안의 상황이 밖으로 알려지는 것을
막기 위해서다.

시공간을 완전히 차단하는 것은 물론이고, 공간 안에 남은 기
억마저 완전히 결계가 사라지면 같이 소멸하도록 했기에 문제
는 없을 것이다.

'우선…….'

심장에 있는 기운을 끌어올려 팔 쪽으로 보냈다. 녹색을 띠는 혼돈 상태의 기운을 수용소를 탈출하며 얻었던 그 형태로 유형화시켰다.

형태는 비슷하지만 순도는 완전히 다른 상태다.

모양은 심장의 형태다. 바이네스의 심장에 직접 안착시키기 위해 축소한 형태로 만들었다.

깨알보다 작은 크기지만 내가 얻었던 것에 비해 수십 배의 순도를 지녔다.

'녹색의 심장이라, 그린 하트라고 부르면 되겠군.'

마땅히 붙일 이름이 없어 혼돈의 기운을 지닌 이 녀석에게 그린 하트라고 이름 붙였다. 바이네스의 심장을 완벽하게 닮아 있어서인지 그런대로 잘 지은 이름인 것 같다.

'들어가라. 네 주인이 될 몸이다.'

의지를 일으키자 장심까지 나와 있던 그린 하트가 손바닥을 빠져 나가 바이네스의 머릿속으로 스며들었다.

그린 하트는 바이네스의 척수를 따라 흘러내려 갔다. 꼬리뼈까지 내려간 후 자신이 남긴 자취를 이용해 신경망을 장악했다.

신경망에 뒤이어 이번에는 혈맥들을 장악하기 시작했다.

마치 그물처럼 얽혀 있어 어마어마한 길이를 자랑하는 신경망과 혈맥이건만 그린 하트가 장악하는 데는 10여 분도 걸리지 않았다.

장악이 끝나자 혈맥을 따라 심장으로 이동한 그린 하트는 내가 주입한 방식으로 반응하기 시작했다.

팟!

심장을 찰나의 시간 동안 정지시킨 후 확장을 해 심장 내벽까지 몸집을 키웠다.

바이네스의 심장 내벽을 뒤덮으며 같은 모양을 취한 그린 하트가 천천히 신경 속으로 스며들었다.

— 너도 몸이 달라졌다는 것을 느낄 것이다. 그것을 이용하면 너를 끊임없이 건드리는 신의 간섭도 네 의지대로 조정할 수 있을 것이다.

— 고마워요, 마스터.

— 마스터?

— 예, 이제부터 마스터라 부를게요.

— 그렇게 하던가. 이제부터 결계를 걷겠다.

— 예.

고분고분해진 바이네스의 의지를 읽으며 결계를 걷었다. 바이네스가 펼친 결계도 같이 걷어 버렸다.

'머리가 좋은 것 같군. 고작해야 몇 초 지나지 않은 것 같으니……'

바이네스는 똑똑한 다크 엘프다. 이상이 있다는 것을 알리지 않기 위해 시공간을 왜곡하는 결계를 펼쳤다.

더군다나 내가 친 결계가 상호작용한 탓에 왜곡된 시공간의 성능이 업그레이드된 것 같다.

결계를 걷고 나니 원래의 시간이 많이 흐르지 않았음을 알 수 있었다.

"다 둘러보신 것 같으니 나가도록 하시지요."

큰일을 겪었음에도 흐트러지지 않고 제 할 일을 하는 바이네스다.

'상황 판단이 아주 빠르군. 아무렇지 않게 행동을 하는 것을 보면 말이야.'

냉철한 사고에 유연한 행동력을 보니 신의 의지에 완전히 잠식당하지 않은 것이 이해가 갔다.

"알겠습니다."

"내일부터 사흘간 각 커리큘럼이 개방되니 오늘부터 준비를 하는 것이 좋을 거예요. 학생들이 나오게 되면 준비물을 구하는데 어려움을 겪을지 모르니 말이죠."

"그렇게 하도록 하겠습니다."

각 커리큘럼은 한 번 들어가면 나올 수 없다. 학생들은 사흘간의 휴가가 주어졌을 때 최대한 많은 준비를 한다.

학생들이 나오면 필요한 물품들을 준비해야 하는데, 생활에 꼭 필요한 물품의 경우 구하려는 이가 아주 많다.

그들이 나오면 애로 점이 많을 것 같기에 바이네스의 의견을 따르기로 했다.

바이네스를 뒤로하고 길드를 나섰다.

지금은 한산하지만 자정이 되면 학생들이 쏟아져 나올 것이다. 6개월 동안 자신이 연구한 결과물들을 가지고 말이다.

아직 시간이 많이 남았지만 최대한 서둘렀다.

제국 마법 아카데미를 중심으로 바로 바깥에 마법 산업 관련 시설들과 길드가 있고, 그 바깥쪽에 일반 상가들이 있었다.

상가들이 밀집한 곳에도 음식점이 있기에 점심을 먹었다. 워낙 발전된 도시이다 보니 음식들이 제법 괜찮았다.

그렇게 점심 식사를 끝낸 나는 상가들을 돌며 물건들을 사들였다. 돈은 충분했기에 필요하지 않을지 모르지만 최대한 많이 구입을 해 아공간에 저장해 두었다.

이것저것 구입을 하다 보니 어느새 저녁 시간이 되었다.

아직 구입할 것이 많았지만 저녁을 먹기로 했다. 수용소에서 제대로 먹지 못해서인지는 모르겠지만 웬만하면 식사를 거르고 싶지 않다.

'저기로 가봐야겠군.'

상가를 돌 때부터 맛있는 냄새를 풍기는 음식점으로 향했다. 스승님으로부터 이야기만 들었던 가게였기에 점심때는 일부러 찾지 않은 가게였다.

커다란 고기 덩어리를 가운데 두고 양쪽에 마법으로 불을 피워 올려 천천히 구워지는 형태의 음식을 만드는 가게였다.

가게 앞에 유리로 만들어진 각각의 공간에서 종류가 다른 고기들이 구워지고 있었다.

가끔씩 향신료가 발라지고, 그럴 때면 식욕을 자극할 만한 맛있는 냄새가 사방으로 퍼지고 있었다.

'먼지나 그런 것은 바깥에서 접근을 못하게 했지만, 음식 냄새는 퍼지도록 마법적 처리를 했군.'

고기의 양이 제법 많다. 각각 성인 남성 정도의 크기를 자랑하니 당연한 일이다.

아직 제대로 된 손님을 맞지 못한 것인지 대부분 비어 있는 조용한 매장 안으로 발걸음을 옮겼다.

종업원이 오자 고기별로 한 접시씩 주문을 했다.

'괜찮군.'

솜씨를 보니 일반적인 가게가 아니다. 한때 수용소에서 요리를 해본 경험이 있기에 주방장의 솜씨가 남다르다는 것을 알 수 있었다. 음식의 수준이 적어도 특급 호텔급은 되어 보인다.

고기와 함께 같이 나온 채소들을 곁들여 식사를 했다. 정말 기대 이상의 만족도였다.

지금까지도 상당히 많은 양의 물품을 샀는데 아직 미진하다. 저녁을 다 먹은 후에 다시 거리로 나섰다. 앞으로 필요한 것들을 더 구입할 생각이다.

하가로스 백작이 나에게 준 돈이 제법 된다. 아까 많은 물품을 구입했음에도 상당히 많은 돈이 남았다.

저녁 시간임에도 상가들이 분주하다. 자정이면 쏟아져 나올 학생들을 대비해서 장사할 준비를 하는 것 같다.

분주한 것은 상인들뿐이라 물품들을 구입하는 것은 그다지 어렵지 않았다. 손님이라고 해봐야 새롭게 입학할 학생들뿐이니 말이다.

낮 시간에는 생활용품 위주로 구입을 했다면, 이번에는 마법 용품을 주로 구입했다.

현실 세계로 가져갈 수 있기에 꼭 필요한 물품들만 샀는데도 불구하고 꽤나 많은 돈이 들었다. 현실 세계나 이곳이나 마법이 적용된 물품들이 비싼 것은 마찬가지였다.

필요한 마법 물품을 모두 구입하고 난 뒤에 제국 마법 아카데미로 향했다.

'꽤나 분주하군.'

길드들도 바쁜 모양인지 드나드는 사람들이 꽤나 많았다. 학생들이 연구한 아이디어들을 사들이기 위해서인 것 같았다.

'카페나 들렸다가 가자.'

길드들의 사정이야 내가 알 바가 아니었기에 카페에 들러 아이스크림 하나를 샀다. 거의 모자 크기의 통에 담아 주는 퍼 먹는 아이스크림이었다.

현실 세계에서 파는 것이 아무리 맛있다고 해도 이곳의 아이스크림하고는 비교 대상이 되지 않을 것이다.

많이 먹어보지는 못했지만 지도자란 놈을 수발하는 특급 요리사가 만들어준 아이스크림보다는 몇 십 배나 맛있으니 말이다.

특히나 목이나 식도를 타고 내려가며 전해지는 청량감은 결코 흉내낼 수가 없는 것이다.

아이스크림을 퍼 먹으며 중앙에 있는 센트 싸인 마탑으로 향했다. 이제 커리큘럼을 짜는 것이 끝났을 카미 교수를 만나기 위서다.

댕!!

아이스크림이 바닥을 거의 드러낼 때, 자정을 알리는 시계탑의 종소리가 센트 싸인을 울렸다.

덜컹!!

요란한 소리와 함께 네 개의 커리큘럼을 주관하는 건물들의 문이 일제히 열렸고, 잠시 뒤에 학생들이 쏟아져 나왔다.

"와아아아!"

"이야, 이게 얼마만이냐."

"일단 속부터 채우자. 결과물을 내느라 긴장해서 아무것도 먹지 못했더니 배가 너무 고프다."

"그래, 어서 가자. 창자가 눌러 붙었다."

한 떼의 학생들이 카페 쪽을 향해 바삐 발걸음을 옮겼다.

"너희들 먼저 가. 나는 길드에 들렀다 갈게."

"그렇게 해라. 이번에는 잘 팔릴 테니 너무 걱정하지 말고."

"그래, 길드에서도 저번에 단점만 보완하면 아이디어를 상품화하겠다고 했으니 잘 될 거야."

"잘 되면 한 턱 내는 거다."

"하하하, 한 턱이 아니라 두 턱까지도 낸다."

"그래, 네 것도 시켜놓을 테니 어서 갔다가 와."

한껏 기대가 부푼 표정으로 자신의 성과물을 흥정하기 위해 길드로 향하는 학생들도 여기저기 보였다.

'새로 입학할 학생들을 제외하면 총 781명이군. 졸업생을 빼고, 새로 입학하는 학생들을 더하면 비슷한 수준이 되겠군.'

행정처에서 이번에 졸업하는 학생과 입학하는 학생이 동수라는 이야기를 들었다.

각 커리큘럼당 정원은 200명이다. 이런저런 사정으로 인해 정원이 채워지지 않아서 언제나 비슷한 수의 학생들이 공부를 한다고 했다.

"기다리고 계셨습니까?"

"아닙니다. 방금 전에 왔습니다."

"그러시군요."

"자, 가시죠. 센트 싸인 마탑을 안내해 드리겠습니다."

"피곤하실 텐데 죄송합니다."

피곤이 가득해 얼굴에 다크서클이 내려 앉은 카미 교수에게 사과를 했다.

"아닙니다. 어차피 사흘간은 성과물 때문에 교수들의 자문을 받을 수 있는 기간입니다. 상당히 피곤한 일이지요. 그래서 샤인 님께 시간을 내기 위해 일부러 커리큘럼을 짜는 파트를 지원했습니다. 이정도면 아주 양호한 편입니다. 다른 교수들과는 달리 학생들에게 시달리지 않아도 되니 말입니다."

"그 정도로 자문을 많이 받나요?"

"새로운 커리큘럼이 시작되는 사흘간 거의 잠을 하나도 자지 못할 정도입니다. 학생들에게는 해방의 사흘이지만 교수들에게는 지옥의 여정이지요. 철야로 자문을 해야 하니까요. 항간에는 아카데미에서 철저하게 교수들의 진을 빼먹으려고 한다는 농담이 성행할 정도로 피곤한 일정입니다."

"그렇군요. 그런데 카미 교수님께서는 자문을 하지 않는 겁니까?"

"이 완장 보이십니까?"

내 질문에 카미 교수가 자신의 왼쪽 어깨에 채워진 노란색의 완장을 보여 주었다.

"예."

"이 완장은 다음 커리큘럼을 완성한 교수들에게 주어지는 겁니다. 때문에 학생들은 자문을 구할 수 없습니다. 학생들을 평가할 주제들을 미리 알려달라는 뜻이나 다름없으니 말입니다."

"그렇군요."

"자, 가시지요. 전부 둘러보려면 아주 빠듯한 시간이니 말입니다."

센트 싸인 마탑은 모두 33층으로 이루어져 있다.

행정적인 공간과 교수들의 개인 공간을 제외하고 개방된 공간이 별로 없기는 하지만, 그것만 해도 상당한 면적을 자랑

했다.

커리큘럼을 진행하는 곳과 마찬가지로 공간 확장 마법이 걸려 있어 다 돌아보려면 사흘의 시간만으로는 부족할 수도 있었다.

먼저 앞서가는 카미 교수의 뒤를 따랐다. 내가 사흘간 돌아볼 공간은 교수들의 성과물들이 있는 곳들이다.

교수들인 6클래스 마스터부터 8클래스 마스터급 마법사들의 연구 결과물들이었다.

각 클래스들의 결과물들은 각각의 공간에 보관되어 있었다.

'길드에 있는 보관 형태와 비슷하게 보관되어 있다고 하니 최대한 많은 정보를 얻어야 한다.'

마도사라 불리는 6클래스 마스터급 이상이 만들 결과물들에 대한 기대감이 크다. 그들이 만든 결과물들 대부분이 프리온의 연구 결과를 토대로 만들어낸 것 같으니 말이다.

— 바이네스, 이제 확신하는 건가요?

온화하기만 한 하이 엘프답지 않은 차가운 에스미아의 말에 바이네스는 고개를 끄덕이며 대답했다.

— 말씀하신 대로 신탁에서 언급한 존재인 것이 확실합니다.

— 다행이군요, 바이네스. 신중한 것도 좋지만 너무 신중하면

대사를 그르칠 수 있어요. 앞으로도 제 뜻을 잘 따라 주셨으면 좋겠어요.

한결 부드러운 어조로 에스미아가 말했다. 바이네스가 인정을 한 이상 샤인을 받아들이는 것에는 문제가 없기 때문이다.

— 알겠습니다.

— 그런데 지금 그는 어디 있나요?

— 지금은 센트 싸인 마탑 안에 있을 겁니다.

— 이곳에요?

그가 센트 싸인 마탑에 들어와 있다니, 듣지 못한 이야기였다.

— 아침에 하탄 마탑 출신인 카미 교수로부터 전시실을 관람하겠다는 신청이 들어왔습니다. 그에게 교수진의 성과를 보여주려는 것 같습니다.

— 으음, 어떻게 보여줄까 걱정했는데 잘된 일이군요.

길드가 가지고 있는 정보만으로는 부족한 상황이라 전시실에 있는 교수진들의 성과물들을 보여줄 생각이었는데 잘 된 일이었다.

— 그나저나 엘라이스. 프리온에서 연락이 온 것은 없나요?

— 전과 마찬가지로 자료만 보내온 후부터는 연락이 없습니다. 보내온 자료들은 커리큘럼에 반영이 끝났습니다.

— 그렇군요. 이제 얼마 남지 않았어요. 다들 주의를 해주세요. 우리가 무엇을 만들려고 하는지 놈들이 알게 되면 큰일이니

말이죠.

— 보안에 최선을 다하고 있습니다. 신탁에서 전해준 방법대로 조치를 취했으니 놈들이 우리가 뭘 하려고 하는지 알아내기는 어려울 겁니다.

엘라이스가 침착한 어조로 대답을 했다.

— 준비를 철저히 했다고 해도 방심을 하면 안 될 거예요. 그들은 어디에나 있는 존재이니까요.

— 알겠습니다.

— 그나저나 이번 커리큘럼은 전과는 많이 다를 텐데, 그가 우리가 준비한 것들을 받아들일 수 있을까요? 엘라이스부터 말해보세요.

— 이미 관련된 정보를 주었으니 준비한 것들을 받아들일 수 있을 겁니다, 에스미아 님.

— 다들 알고 있겠지만 지금까지 커리큘럼의 정보를 모두 받아들인 이는 없었어요. 아무리 신탁이 전하는 이라고는 하지만 전부 받아들이지는 못할 거예요. 내가 예상한 바로는 최대 절반 정도가 한계일 거예요. 그러니 너무 무리하지 말아요. 삼분의 일만 되도 성공한 것이나 다름없으니 말이죠.

— 제가 맡고 있는 커리큘럼은 말씀하신 대로 무리하지 않고 최대한 안정적으로 계획을 진행시키도록 준비를 했습니다.

— 그래요, 잘했어요. 앞으로도 잘 부탁해요, 엘라이스.

— 염려하지 마십시오.

— 그러면 바이린은 어때요?

— 학생들의 신체 상태를 완벽하게 유지시켜 줄 준비도 모두 끝났습니다. 더불어 그에 대한 신체 개조도 순조롭게 끝날 것 같습니다.

— 바이린, 그는 마스터예요. 완벽한 신체라고는 하지만 아직은 미흡한 부분이 많아요. 개선시키는 것이 쉽지는 않은 일일 텐데 그렇게 자신하는 것을 보면 준비를 많이 했나보군요.

— 구하기는 어려웠지만 현자의 돌과 넥타, 그리고 피닉스의 심장이 준비되어 있습니다. 그는 그랜드 마스터보다 훨씬 뛰어난 신체를 가지게 될 겁니다, 에스미아 님.

— 잘했어요, 바이린. 엘레나는 어떤가요?

에스미아가 엘레나에게 시선을 두었다.

— 그가 가지게 될 아이템은 이미 준비를 해두었습니다. 다행이 상가를 돌면서 물품을 구입하기에 이미 그에게 자연스럽게 전달한 상태입니다.

— 아주 잘했어요. 그가 의심하지 않도록 아주 자연스럽게 전해져야 했는데 다행이군요. 혹시나 알아차리지는 않았을까요?

— 염려하지 않으셔도 됩니다.

— 다음은 바이네스 차례군요.

차례로 보고를 들은 에스미아가 바이네스를 쳐다보았다.

— 그의 유전적 형질을 검사한 결과를 보면 최상의 조건입니

다. 엘프의 유전자를 심는 데는 아무런 문제가 없을 것 같습니다.

— 정말 확신하는 건가요?

— 이미 그의 유전자를 확인했습니다. 엘프의 유전자를 가지고 있는 것은 물론이고, 인간의 유전자도 대부분 엘프 유전자에 동화된 상태입니다. 또한 제가 맡고 있는 커리큘럼부터 시작하는 만큼 계획에는 차질이 없을 겁니다.

— 그래요. 모두들 최선을 다해서 준비를 해주었군요. 하지만 최선을 다했다고 해도 문제는 일어날 거예요. 자세한 정보는 모르겠지만 일정한 경지에 이른 자들은 뭔가를 느낄 수 있는 것 같으니 그에게 전해진 것들로 인해 의심을 품을 수도 있을 테니까요.

— 그에 대한 준비도 이미 마쳤습니다. 아마도 그에게 관심을 둘 시간도 없을 겁니다.

— 좋아요, 믿겠어요. 그럼 지금부터 시작하도록 할게요.

에스미아는 자신의 의지를 강하게 전하며 원탁에 그려진 빛나는 오망성에 손을 댔다.

다른 이들도 마찬가지로 마킹이 되어 있는 오망성에 손을 가져다 댔다.

번쩍!

밝게 빛나고 있던 오망성이 섬광을 내며 눈이 부실 정도로 환하게 밝아졌다.

잠시 뒤에 섬광이 사라진 원탁 위에는 오망성을 경계로 안쪽에 새겨진 수많은 마법진이 드러났다.

하얗게 빛나는 오망성과 안을 가득 메운 푸른색의 마법진이 묘한 조화를 이루며 점점 더 강력한 에너지를 내뿜기 시작했다.

― 모든 암호 키가 맞았기에 메인 시스템을 가동합니다.

― 변경된 프로그램을 승인합니다.

― 입력된 자료들은 업로드가 끝났습니다.

― 자료들이 현실에 반영됩니다.

연이은 메시지가 그녀들의 뇌리를 울렸다. 지난 시간동안 준비해 온 것들이 마침내 제 모습을 드러내기 시작했다.

엘프의 명운을 걸고 계획한 일이었다.

지난 시간 동안 자신들이 준비해 온 것들이 결심을 맺을 시간이 머지않았기에 에스미아를 비롯한 엘프들은 짙어지는 미소를 감출 수 없었다.

그렇게 다른 이들이 만족스러운 미소를 지을 때, 바이네스의 미소만큼은 어쩐지 조금 달랐다.

조금은 슬퍼 보이는 미소가 그녀의 눈가를 흔들고 있었다.

샤인으로부터 선물을 받은 후 한 가지 특별한 능력이 생겼다. 상대가 알아차리지 못하게 엘프들을 잠식한 존재들로부터 정보를 빼낼 수 있는 능력이다.

짧은 시간이지만 에스미아를 비롯해 다른 이들이 품고 있는 생각이 무엇인지 알 만큼 많은 정보들을 얻었다.

— 제가 느낀 것을 확인했나요, 마스터?

— 제법이더군. 확인은 끝났다.

— 어떤가요?

— 대부분 잠식을 당한 상태더군. 자신이 다른 존재에게 잠식당했다는 것을 전혀 인식하지 못하는 것 같다.

— 역시 그렇군요.

— 그들을 침범한 존재들이 역할에 몰입을 하고 있는 것 같다.

— 역할에 몰입을 해요?

— 엘프들이 바라는 것이 그들이 바라는 것과 같다는 뜻이다. 그러니 조심해라, 너희들이 하고자 하는 계획에서 그들도 뭔가를 반드시 얻어야 하는 것 같으니.

— 주의하도록 하겠습니다.

— 네 동족들을 잠식한 존재들은 본체의 의지가 아니지만 위험한 존재들이다. 내가 너에게 준 선물이면 놈들의 공격을 쉽게 막아내기는 하겠지만 그것은 한시적이다. 위험하다고 판단되면 즉시 나를 떠올려라. 내 의지가 너와 함께할 것이니.

— 염려하지 마세요. 지난 시간 동안 해왔던 경험이 있으니 쉽게 당하지는 않을 겁니다, 마스터.

— 충분히 자신할 만도 하겠지만 자만은 금물이다. 최대한 경계하며 상황을 파악하도록 해라. 잘하면 그들도 구할 수 있을 것 같으니까.

— 정, 정말인가요?

— 허언은 하지 않는다. 눈치를 챌지 모르니 이만 끊겠다. 정말 특별한 일이 생길 때만 보고하는 것이 좋겠다.

— 알겠어요, 마스터.

샤인과의 접속을 끊은 바이네스의 표정이 좋지 않았다. 예상보다 상황이 너무 좋지 않았기 때문이다.

신탁이 내려지고 오랜 시간이 지나면서 신탁의 의지는 흐려졌다. 정령신의 신탁에서 예견된 일이 일어나지 않았기에 믿지 않는 이들이 대부분이었다.

그렇지만 신탁에서 전해진 일들은 이미 일어나고 있었다.

엘프들을 잠식해 제멋대로 조종한 후 폐기 처분해 버리는 무소불위의 능력을 가진 존재들을 하이 엘프가 우연한 기회에 찾아냈던 것이다.

이후부터는 신탁을 믿기 시작했다.

몰랐으면 모를까 알게 된 후부터는 정령신의 신탁이 계속해서 내려졌고, 그것을 통해 잠식당한 이들이 걸러졌다.

엘프 부족 간에 처절한 싸움이 벌어졌고, 수많은 피가 숲속을 물들였다.

그렇게 거의 멸족에 이르렀을 무렵, 정령신의 가호가 내려졌다. 자신들을 이용하는 존재들을 직접 상대할 수 있는 방법이 전해진 것이다.

방법은 어려웠지만 자신들을 이용하는 존재들을 소멸시키기 위해 처절한 노력이 이어졌다.

'나야 일부러 틈을 보였지만 다른 이들은 장로들을 통해 철저히 보호되고 있었는데 어떻게…….'

정령신이 알려준 방법을 이용해 그동안 철저하게 잠식된 자들을 걸러냈다. 그런데 어느새 최고위층이라고 할 수 있는 이들을 잠식하고 있었다. 모든 것이 헛수고였다.

'우리 엘프들이 어쩌다가 이렇게 된 거지? 얼마나 더 우리를 이용할 생각인 건지 모르지만 정말 지독한 자들이다.'

이제 방법이 마련되었다고 생각했는데 어느새 놈들은 자신들 속을 파고들었다. 또다시 철저하게 이용당하고 있는 것이다.

'에스미아가 이상하다고 느꼈을 때 손을 썼더라면…….'

어느 때부터인가 적극적으로 나서는 에스미아가 불안하기는 했었다. 그동안 의심해 보지 않았는데 그녀로 인해 다른 이들이 잠식된 것이 분명했다.

신격을 가진 존재에게 잠식되었음에도 의지를 숨길 수 있던 침착함이 아니었다면 너무 놀라 자신이 알아냈다는 것을 들켰을지도 모를 일이었다.

마스터가 준 선물이 아니었다면 아무것도 몰랐을 정도로 상대는 철저한 자들이다. 자신의 의지가 스스로의 것이라고 착각하며 엘프의 미래를 준비하다니, 파멸로 가는 지름길이나 다름없는 상황이다.

'그들이 우리를 통해 준비하려는 것은 마스터께 원하는 것이 있어서일 것이다. 그렇다는 것은 그동안 프리온을 통해 준비한 것들을 완성해줄 존재로 마스터가 낙점이 된 것이 분명하다.'

이번 계획의 최종 목적은 신에게 대적할 수 있는 병기를 만드는 것이다. 신의 의지에 잠식되지 않고 대적할 수 있는 인간 병기를 말이다.

'그들이 그런 인간 병기를 만들려고 하는 이유는 아마도 다른 존재들을 상대하기 위해서일 것이다. 자신들과 비슷한 격을 지닌 존재들을.'

자신을 잠식했던 존재는 한 집단에 속해 있었다.

그리고 그 집단에 속한 존재들은 떼려고 해야 뗄 수 없는 밀접한 관계를 가지고 있는 것이 분명했다.

그런 그들이 자신의 동족을 해치는 병기를 만들 이유는 절대로 없다. 전력의 손실이 가져오는 위험을 누구보다 잘 알고 있는 이들이었다.

엘프들이 세운 계획을 이용해 자신들의 적을 제거하려는 것이 분명했다. 신을 상대할 인간 병기를 이용하려는 것을 보면 그들의 적도 신격을 가진 존재가 분명했다.

'놈들의 적도 똑같은 존재일 것이니 기대할 것이 못된다.'

엘프들을 이용 대상으로만 볼 테니 놈들의 적에게 기대를 갖는 것은 어불성설이다.

'마스터…….'

자신이 나눈 대화를 통해서 마스터는 모든 것을 파악했다.

동생을 비롯한 엘프들을 잠식할 정도라면 굉장한 신격을 가진 존재가 틀림없다.

그런 존재들에게 들키지 않고 잠식당한 것을 파악해낼 정도라니, 자신이 온전히 받아들인 존재다웠다.

'마스터라면 신격을 가진 존재들을 상대할 수 있을 것이다. 무엇보다 마스터께서 놈들의 속내를 알게 된 이상 상대할 방법을 찾아내실 것이다.'

그동안 무기력하게 당해야만 했던 무서운 존재들을 속일 정도로 그가 뛰어난 능력을 지녔다는 것을 알았기에 바이네스는 조금이나마 안도감이 들었다.

'마스터, 당신만이 우리를 구해줄 수 있어요. 제 모든 것을 바칠 테니 엘프들을 구원해 주세요.'

바이네스는 자신의 마스터가 엘프들을 구원해 줄 것이라 믿어 의심치 않았다.

본체는 아니지만 상당한 능력을 지닌 존재들이 엘프들을 잠식하고 있는 중이다.

신탁을 통해 나에 대해 알고 있음에도 계획을 진행시키는 것을 보면 무언가 바라는 것이 있다는 뜻이다.

엘프들의 의식에 완전히 몰입해 진행할 정도라면 그들이 바라는 것은 아주 큰 것일 확률이 높다.

'능력을 회복하는 것이거나, 새로운 신화의 힘을 얻으려고 하는 것일 테지.'

큰 것이라 봐야 별거 없을 것이다. 본체가 아닌 의념이지만 상당히 강한 힘을 가지고 있는 것을 보면 바라는 것은 두 가지 중 하나일 것이다.

'그렇다는 것은 제국 마법 아카데미에서 운영하고 있는 커리큘럼 안에 놈들이 원하는 것이 있다는 뜻이겠지.'

프리온과 연결되어 만들어지는 커리큘럼이 무엇인지 더욱 흥미가 돋았다.

"무엇을 그리 생각하십니까?"

바이네스와 대화를 나누는 동안 말없이 있었더니 카미 교수가 묻는다.

"아닙니다."

"여기가 바로 6클래스 마스터급 교수들의 성과들이 보관되어 있는 전시실입니다. 이미 길드를 들르셔서 아시겠지만 조성된 공간도 비슷하고, 정보를 확인하는 방법도 비슷합니다."

"그렇군요."

"안으로 들어가시면 됩니다. 그리고 들어가 보시면 아시겠지만 학생들도 있을 겁니다. 모두 교수들의 추천을 받은 학생들이니 방해만 하지 않으면 됩니다."

"알겠습니다."

대답이 끝나자 카미 교수는 출입문 한쪽 벽면에 설치된 작은 마법진 위에 손을 얹었다. 신원을 확인해 문을 여는 개폐 장치 같았다.

스르르르!

소리 없이 문이 열렸다.

"안으로 들어가시면 됩니다. 나오시는 것은 아무 때나 가능하니 천천히 둘러보십시오. 그럼, 저는 쉬고 있겠습니다."

"그러십시오. 이만 돌아가셔도 됩니다."

상당히 피곤해 보였기에 뭐라 그럴 수가 없어 돌아가서 쉬라고 했다.

"고맙습니다. 내일은 직접 안내를 해드리겠습니다."

"알겠습니다."

내일은 7클래스급의 전시실을, 모레는 8클래스급의 전시실을 보기로 예정이 되어 있다.

"그럼."

"어서 돌아가서 쉬십시오."

카미 교수를 보내고 안으로 들어갔다. 나보다 먼저 온 듯 플랫폼을 돌고 있는 학생 몇이 보였다.

'뛰어난 인재들일 것이다. 이곳에 올 수 있는 학생들은 무조건 교수들의 추천을 받아야만 하니까.'

뛰어난 학생들일 것이라는 생각은 들었지만 별다른 관심은 없었다. 플랫폼을 돌며 정보를 확인하는 것이 급선무였다.

정보를 얻는 방식은 길드를 순회했을 때와 같다. 플랫폼에 손을 가져다 대면 영상 디스플레이를 통해서 정보가 표출되었다.

　다른 점이 있다면 이곳에 있는 플랫폼들은 전부 공개되는 것이라는 점이다.

　교수들의 연구 성과물을 확인하고, 학생들에게 배움의 기회를 제공하기 위한 것이었다.

　제일 가까운 플랫폼에 다가가 손을 얹었다.

　검은 플랫폼이 투명하게 변하며 벽에 영상이 떴다.

　'스마트폰이라니!!'

　표출되는 정보를 보고 기겁하지 않을 수 없었다.

　필요한 정보를 실시간 영상으로 구현할 수 있고, 같은 마법 물품을 가진 사람들은 장소를 불문하고 통화할 수 있는 장치가 첫 번째 플랫폼에 있었다.

　기기의 모양도 다르고, 동력원도 다르지만 구현하는 방식은 영락없는 스마트폰이었다.

　오히려 뛰어난 면이 더 많은 마법 물품은 나를 패닉에 빠지게 했다.

　'비록 상용화되지는 않았다고는 하지만 개념은 분명히 스마트폰이다. 내가 회귀하기 전에 지구에 있는 사람이라면 대부분 한 대씩 가지고 있던 바로 그 스마트폰.'

　특별한 개념을 가지고 있는 물건이지만 사용화되지는 않았다. 명확한 한계를 가지고 있기 때문이었다.

장애물이 없는 지역에서 10킬로미터 내의 거리는 어디서든지 운용이 가능하지만, 거리가 멀어지면 통화가 되지 않았다. 중계기가 만들어지지 않았기 때문이다. 인공위성 같은 것도 마찬가지다.

통화를 하는 것뿐만이 아니다. 정보를 수집해 전송하는 데이터베이스의 역할을 하는 기기가 만들어지지 않았다.

다양한 영상 정보를 표출할 수 있음에도 데이터 전송 장치가 없어 무용지물이었다.

'이런 개념의 마법 물품을 100년 전에 만들어 내다니 정말 대단하다.'

놀라움을 감추며 개발된 시기를 보니 상당히 오래전이었다.

획기적인 개념임에도 주변 여건이 개선이 되지 않아 사장된 것도 놀라운 일이었다.

'다른 것도 한 번 보자.'

자리를 옮겨 다른 플랫폼도 확인했다. 그리고 다시 한 번 놀라야 했다.

너무도 놀라워 정신을 차릴 수가 없었다.

제7장

7

다음 플랫폼에는 더욱 놀라운 것이 보관되어 있었다.

그것은 컴퓨터와 같은 개념의 마법 물품이었다. 정확히는 가정이나 사무실에서 쓰는 데스크 탑과 같은 컴퓨터였다.

'세상에나, 컴퓨터라니. 도대체 마법으로 구현이 되지 않는 것이 무엇이지? 조금 더 둘러보자.'

플랫폼을 돌며 하나하나 성과물을 확인했다. 그러면서 한 가지를 확신할 수 있었다.

이곳에 있는 마법 물품들은 프리온에서 흘러나온 기술들을 구현해 낸 것들이라는 것이다.

'점점 흥미로워지는군. 마법을 이용해 작동하기는 하지만 대

부분이 지금의 지구나 미래의 지구에서 활용되던 기술과 흡사하다.'

놀랄 기력도 없이 플랫폼을 빠르게 돌며 정보를 수집했다.

이제는 능숙해진 일이기에 젠의 도움을 받아 아침이 되기 전에 모든 정보를 얻을 수 있었다.

─ 젠, 믿어져?

─ 마스터의 의식 속에 들어 있는 정보와 유사한 것들이 구현되어 있어서 정말 놀랐습니다.

─ 이곳에 있는 정보들이 지구로 전해져서 기술로 구현된 것 같은데, 넌 어떻게 생각해?

─ 마스터의 말씀하신 것이 맞는 것 같습니다. 마스터가 사시는 세계에서는 과학으로 만들어 냈고, 이곳의 것들은 마법을 이용해 구현이 됐다고는 하지만 기본 개념은 같은 것들이었으니 말입니다.

─ 조금 쉬고 있다가 7클래스급도 그런지 한 번 살펴보자.

─ 알겠습니다, 마스터.

7클래스급은 어떨지 몰라 궁금증을 유발했다. 여기와 같은 수준이라면 더 이상 볼 필요도 없겠지만.

마지막 플랫폼을 둘러봤을 때, 학생들이 더 들어왔는지 꽤나 사람들이 많아졌다.

아침 일찍부터 찾아와 보고 있는 것이 분명했다.

전시실을 나와 마탑에 있는 매점을 찾았다. 전시실과 같은 층에 있는 곳으로 멀리 갈 필요가 없어서 간단하게 아침 식사를 했다.

간단히 빵과 음료로 식사를 마치자 카미 교수가 매점으로 나를 찾아왔다.

"여기 계셨군요."

"식사는 하셨습니까?"

"조찬 회의가 있어서 먹었습니다."

"그러셨군요."

"그것 때문에 죄송한 말씀을 드려야 할 것 같습니다."

"전시실을 구경할 수 없는 겁니까?"

"그것은 아닙니다. 갑자기 교수들에게 과제가 떨어져서 전시실은 혼자 구경하셔야 할 것 같습니다."

"저야 상관이 없습니다만⋯⋯."

"전시실에 들어가시는 것 때문이라면 문제는 없습니다. 입학 절차를 밟을 때 등록을 해 놨기 때문에 제가 없어도 전시실에 들어갈 수 있도록 행정처에서 조치를 취했습니다."

"그렇다면 문제는 없겠군요. 저 혼자서 돌아봐도 되니 일을 보십시오."

"죄송합니다. 저는 그만."

일이 정말 급한 듯 카미 교수는 건성으로 인사를 하며 자리를 떴다.

나야 더 좋았다. 8클래스급까지 전부 관람 허락을 받았으니 오늘 하루에 전부 돌아볼 수 있을 것이다.

자리에서 털고 일어나 전시실로 갔다. 전시실은 다른 층에 있지만 사전에 안내를 받았기에 찾는 것은 어렵지 않았다.

7클래스급 전시실에 들어가 플랫폼을 개방하고 성과물을 보았을 때도 놀라야 했다. 전시물들이 지구의 그것과 너무 닮아 있었기 때문이다.

6클래스급과 다른 점이 있다면 모두가 무기라는 것이었다. 6클래스급은 대부분 생활에 필요한 것들이었고, 7클래스급은 최첨단 무기들과 확실히 닮아 있었다.

심지어 핵분열이나 핵융합 같은 개념의 무기들도 있었다.

나는 젠의 도움을 받아 빠르게 정보를 얻은 후 8클래스급 전시실로 갔다.

8클래스급은 더욱 가관이었다. 6클래스급과 7클래스급을 섞어 놓은 듯 생활용품과 무기들이 골고루 전시되어 있었는데, 이것도 지구의 것과 매우 닮아 있었다.

조금 다른 점이 있다면 앞서 본 것과는 차원이 다른 것이라는 것이었다.

회귀 전에 개념의 기초가 알려진 것부터 공상과학영화에서나 나올 법한 것들이 구현되어 있었다.

8클래스급 전시실에 있는 플랫폼을 도는 것은 앞서 와는 달리 시간이 걸렸다. 정보는 빠르게 취할 수 있었지만, 나도 젠과 같이 동시에 인식을 해서였다.

어차피 커리큘럼이 시작되기 전까지만 나가면 되기에 하나하나 확실히 인식하며 전시실을 돌았다.

다음날까지 전시실 안을 돌아다녀야 했지만 많은 성과가 있었다.

특히나 이면 조직들 간의 전쟁에서 사용되는 첨단 무기들의 원리에 대해서 대략이나마 파악할 수 있었다.

마지막 플랫폼을 개방했을 때는 시간이 꽤나 많이 흘러 있었다. 하루가 넘게 걸린 것이다.

전시실을 나와 행정처로 향했다. 배정받은 곳을 확인하고 커리큘럼이 진행되는 건물로 갔다.

건물로 들어가는 것은 어렵지 않았다.

전시실을 들어갈 때와 마찬가지로 벽면에 설치된 마법진에 손을 대면 문이 열렸다.

안으로 들어가자 교수진들이 대기하고 있었다. 안내에 따라 내가 가야 할 곳으로 갔다. 바로 내 개인 숙소였다.

커리큘럼 안에는 학생들마다 방이 배정되어 있었는데, 학생 한 명당 하나의 방이 배정되었다.

쿵!

방으로 들어서자 문이 저절로 닫히고 천정에서 안내 방송이 들렸다.

— *마법 적성검사가 실시되니 입실한 학생들은 옷을 전부 벗고 침대에 누워라.*

'설명을 듣기는 했지만 뭐하는 건지 모르겠군. 하지만 하라면 해야겠지.'

이미 설명을 들은 터라 옷을 전부 벗고 침대에 누웠다.

— 마나 스캔이 시작되니 거부하지 말고 몸을 맡기면 된다.

방송에서 들려온 것처럼 내 몸을 살살 간지럽게 하는 기운이 느껴졌다.

'뭐, 뭐지.'

갑자기 몸이 움직이지 않았다. 마나 스캔이라고 하더니 구속 마법이 발현된 것이 분명하다.

'마스터급을 제압할 수 있는 마법은 9클래스급뿐인데……'

신의 경지라는 9클래스 마법이 발현된 것이 분명했다. 내가 가지고 있는 마나 양이면 8클래스급의 마법은 단번에 박살을 낼 수 있었다.

'일단 뭘 하려는지 지켜봐야겠군.'

지이이잉!

기계음과 함께 침대 가장자리에서 반투명한 물체가 솟아올랐다. 침대를 덮는 것을 보니 캡슐 형태가 분명했다.

착! 착! 착! 착!

방을 이루고 있는 벽들이 차례로 천정으로 올라갔다. 사방이 뻥 뚫려 버렸다.

스르르!

뒤이어 침대가 자동으로 움직이기 시작했다. 지하로 빠르게 내려가다가 멈추더니 수평으로 이동을 시작했다.

시야를 돌려보니 나와 함께 커리큘럼에 들었던 학생들도 비슷한 모습으로 이동이 되고 있었다. 나와 다른 점이라면 의식이 없어 보인다는 것뿐이었다.

'중앙으로 이동하고 있다. 공간을 확장하는 마법이 걸려 있다고는 하지만 한계가 있을 것이고, 시간이나 거리상으로 볼 때 센트 싸인 마탑으로 향하는 것 같은데……'

감각을 확장해 확인해 보니 예상대로 센트 싸인 마탑이 있는 곳으로 향하는 것 같았다.

'모두 같은 곳으로 움직이는 모양이로군.'

어느 정도 이동을 했을까, 다른 커리큘럼의 학생들이 이동하고 있는 모습이 보였다. 하나같이 의식을 잃은 채 캡슐 같은 침대 안에 누워 있는 모습이었다.

수욱!

학생들의 모습에 놀랄 사이도 없이 밑으로 내려가는 느낌이 들어 사방을 살펴봤다.

침대들이 수직으로 내려가고 있었고, 지하를 향해 하나하나 일렬로 세워지고 있었다.

'깔때기 같은 모양이다.'

원뿔을 거꾸로 세워놓은 형태로 줄지어 세워지는 침대를 보면서 무슨 일이 벌어질지 궁금해졌다. 침대형 캡슐에 누워 정렬되고 있는 것은 학생뿐만이 아니었기 때문이다.

커리큘럼을 진행하고 있는 교수들마저 침대에 누워 정렬이
되고 있었다.

'이런!'

뭔가가 의식 속을 파고들었다.

의식 속을 파고드는 것을 느끼기 무섭게 내가 서 있는 공간이
바뀌었다. 처음 건물에 들어왔을 때 보았던 광경이 펼쳐지고 있
었다.

처음과 다른 것이 있다면 건물에 들어오자마자 강당으로 안
내를 받았다는 것이다.

강당으로 들어서자 보이는 것이 전부 달라졌다.

모든 것들이 무척이나 빠르게 움직이고 있었다. 시간이 빨라
진 것처럼 말이다.

아니, 잘못 생각했다. 시간의 흐름이 빨라진 것이 맞았다. 시
간을 조절하는 능력이라니, 어쩌면 이곳은 하탄이 만든 곳일 수
도 있겠다는 생각이 들었다.

─ 젠, 이곳이 어떤 곳인지 확인해줘.

─ 알겠습니다, 마스터.

젠에게 부탁을 한 후 강의에 집중했다. 강의가 시작된 이후
매우 빠르게 시간이 흐르고 있었기 때문이다.

마치 VCR을 빠르게 돌리는 것 같았다.

'강의 내용이 박히듯 들어온다. 환상을 통해서 지식을 주입
하는 것인가?'

내가 인지하는 속도로 봤을 때 실제 공간이 아니라는 것을 확인할 수 있었다.

재미있는 것은 의식 속에 직접 주입하듯 강의 내용이 전부 인식이 된다는 점이었다.

그렇게 수많은 강의가 이어졌다.

얼마나 많은 시간이 흘렀는지 모르지만 상당한 양의 지식을 얻을 수 있었다.

길드와 전시실을 돌며 얻었던 정보들을 전부 이해할 수 있을 정도의 지식이었다.

'강의를 듣는 것만이 아니다. 직간접적으로 서로의 의식을 공유하고 있다. 현실의 공간은 집단지성을 불러일으키는 공명장치 같은 것인가?'

젠 덕분에 눈앞에 보이는 환상을 넘어 실제 공간이 보인다.

깔때기 같은 모양을 따라 가장 중심부로 사람들의 기운이 집중했다가 섞인 후 다시 흘러들고 있다.

일정한 시간을 주기로 이어지는 이 흐름은 내 인식을 더욱 명확하게 한다.

의식의 흐름이 이합집산을 거쳐 다시 돌아온 후 이해도를 높이는 것이 분명하다.

'문제는 흘러나간 기운이 전부 돌아오지 않는다는 것이다. 누군가 이들의 기운을 빼먹는다는 것인데…….'

의념이라 불러도 좋은 기운은 중심에 모인 후 다시 흘러들어오지만 전부가 아니다.

빠져나간 것의 반밖에는 되지 않는다.

처음부터 그것을 느꼈기에 조절을 해왔지만 어디로 새어 나가는지는 확인하지 못했다.

— 젠, 아직도야?

— 그렇습니다. 저 접점은 저로서도 이해가 불가능한 영역의 공간입니다. 마치…….

— 의견이 있으면 말해봐. 망설이지 말고.

— 마스터께서 지니시고 계시는 혼돈의 기운과 아주 비슷합니다. 규칙성이 하나도 없어서 뭔가 접점을 찾는다는 것은 저로서도 불가능합니다.

젠도 내 기운의 특질을 파악하지 못하고 있다. 카오스라 불리는 혼돈의 기운이기 때문이다.

깔때기의 집중점도 그런 것이라면 젠으로서도 파악이 불가능할 터였다. 무한으로 확장하는 불규칙성은 신도 계산할 수 없는 것이니 말이다.

확인을 해보고 싶었지만 그럴 수가 없었다. 뭔가 알 수 없는 기시감이 내 호기심을 자제시키고 있었다.

'할 수 없지. 기회가 이번만 있는 것은 아니니까.'

다른 커리큘럼도 이런 식으로 진행되는 것이 분명했다. 빠르게 흐르는 시간 속에서 강의만 듣고 있는 것이 아니었으니 말이다.

내가 시간의 흐름이 빠르다는 것을 인식하고 있는 반면에 다른 이들은 그렇지 못했다.

자신의 실체가 다른 곳에 있다는 것을 인지하지 못하고 환상의 공간 안에서 학교생활을 하고 있다.

그들이 느끼기에는 아주 정상적인 생활일 것이다.

강의도 듣고 학생들과 친구가 돼서 우정을 나누기도 하는 일반적인 학교생활도 빠르게 이어졌다.

흐름이 다름에도 시간이 흘러가는 것은 마찬가지였다. 어느새 커리큘럼이 끝나가고 있었다.

강의가 종료되고 얼마 지나지 않아 학생들 대부분이 까무룩 정신을 잃었다.

그 순간 환상이 걷히고 침대가 이동하기 시작했다.

그러고는 처음 들어와 누웠던 형태로 침대들이 제자리를 찾자, 캡슐이 벗겨졌다.

학생들이 침대에서 일어나 옷을 입고 있는 것이 느껴졌다. 나도 자리에서 일어나니 옷을 입기 시작하자 방송이 들려왔다.

― *커리큘럼이 끝났으니 학생들은 질서를 지켜 바깥으로 나가기 바란다. 다음 커리큘럼이 사흘 후에 진행이 되니 다들 늦지 않도록.*

방송을 끝으로 방문이 열렸다.

옷을 다 입고 바깥으로 나가자 학생들이 각자의 방에서 나오는 것이 보였다.

학생들은 환상 공간 안에서 입고 있었던 옷과 같은 것을 입고 나오는 중이었다.

— 정신이 돌아왔지만 그동안 있었던 일을 전부 현실로 인식하고 있는 것 같군.

— 그런 것 같습니다.

— 사흘밖에 시간이 없으니 최대한 서두르도록 해. 나도 한 번 알아볼 테니 말이야.

— 알겠습니다.

서둘러 건물 밖으로 나왔다. 그리고 바이네스가 있는 길드로 향했다.

그렇지만 바이네스를 만날 수는 없었다.

건물을 나오며 바이네스와의 연결 고리가 끊어졌다는 것을 느꼈을 때 짐작을 하기는 했지만, 길드의 안내원이 바뀌어 있었다.

심지어 길드에 근무하는 자들은 바이네스가 이곳에 근무했다는 것을 모르는 눈치다.

— 젠, 어때?

— 커리큘럼이 진행되는 공간에 대한 정보는 얻을 수 없었습니다. 학생들이나 교수들도 살펴봤지만 인지하고 있는 존재는 없었습니다.

— 뭔가 일이 벌어지고 있는 모양이로군.

— 그런 것 같습니다. 행정처를 제외하고는 센트 싸인 마탑

의 출입도 제한이 되고 있으니 말입니다.

— 그렇다면 중심부에 무엇이 있는지 직접 확인을 해야 한다는 것이로군.

— 신중하시기 바랍니다.

— 나도 알아. 섣불리 덤벼들 게 아니라는 것을. 시도는 마지막 커리큘럼에서 해볼 생각이니 걱정하지는 마.

— 알겠습니다. 그동안 저도 최대한 정보를 모아보겠습니다.

아무런 정보를 얻을 수 없었지만 확인을 해야 했기에 다른 길드들도 들렸다.

예상한 대로 바이린이나 엘레나, 엘라이스를 만나볼 수는 없었다. 그녀들이 근무했던 흔적들도 찾을 수 없었던 터라 내가 겪었던 일이 꿈처럼 여겨졌다.

사흘 동안 백방으로 확인했지만 마치 다른 세상에 온 것처럼 산업 시설이나 상가에서도 그녀들의 흔적을 찾을 수 없었다.

카미 교수를 찾아갔지만 놀랍게도 그도 찾을 수 없었다. 행정처에서는 그런 교수는 재직한 적이 없다는 답변만 들었을 뿐이었다.

그렇게 시간이 흘러 사흘이 훌쩍 지나갔다. 커리큘럼을 이수해야 했기에 다음 건물로 향했다. 마법진에 손을 얹은 후 건물 안으로 들어갈 수 있었다.

그 뒤로는 똑같은 일이 반복되었다. 캡슐 형태의 침대로 이동해 깔때기 같은 공간으로 가 환상 속에서 강의를 들을 수 있었다.

젠 덕분에 진실을 직시할 수 있기에 엄청난 괴리감이 있었지만 견뎌낼 수 있었다.

시간이 흐르는 동안 중심부에 접근하려고 했지만 알 수 없는 기시감과 젠의 만류로 할 수가 없었다. 아직 시간이 있기에 조금이라도 정보를 얻을 때까지 기다리기로 했다.

내가 애를 태우는 동안 젠은 중심부에 접근해 무슨 일이 벌어지는지 탐색을 했다. 하지만 들려오는 대답은 오직 하나뿐이었다.

중심에는 검은색의 작은 구슬이 엄청난 속도로 회전을 하고 있다는 대답이었다.

두 번째 커리큘럼은 그렇게 아무것도 확인하지 못하고 끝마쳐야 했다.

얻은 것이 있다면 강의 내용을 통해 얻었던 정보들을 더욱 확실히 이해할 수 있게 되었다는 것뿐이다.

커리큘럼이 끝나고 다시 밖으로 나와 정보를 찾아 헤맸다. 젠도 최선을 다해 정보를 찾았지만 우리 둘 다 아무것도 얻을 수 없었다.

다시 세 번째 커리큘럼이 시작되었고, 이번에도 마찬가지 생활이 이어졌다.

그래도 두 번째 보다는 나았다. 계속해서 검은 구슬을 분석한 젠이 뭔가 단서를 찾았다는 말을 전해온 것이다.

세 번째 커리큘럼을 끝내고 난 뒤 나는 마법 상점에 들러 마나석을 사들였다.

하가로스 백작이 준 돈으로는 부족했지만 내가 잡았던 몬스터들에게서 나온 마정석을 팔아서 모은 돈으로 원하는 양을 충분히 살 수 있었다.

마나석을 산 것은 젠의 요구 때문이었다.

중심부에 있는 검은 구슬의 정체를 확인하려면 마나석을 이용해 자신의 출력을 높일 필요가 있다는 젠의 요구였다.

사실 마정석에서도 마나를 얻을 수 있지만 몬스터에게서 나온 것이라 혼탁했기에 순수한 마나를 얻을 수 있는 마나석이 필요했다.

네 번째 커리큘럼이 시작되었을 때는 마음을 다잡고 안으로 들어갔다. 젠의 분석이 실패한다면 직접 확인을 해볼 생각이었다.

엄청난 속도로 진행되는 강의를 계속 들으며 젠의 분석이 끝나기를 기다렸다.

강의가 막바지에 이르렀을 때, 젠은 나에게 한 가지 소식을 전해왔다.

— 마스터, 지금까지의 분석으로 내릴 수 있는 결론은 마스터께서 가지고 계신 기운과 검은 구슬이 가지고 있는 기운은 동일하다는 것입니다. 다만, 마스터께서 가지고 있는 기운은 의지에 따라 질서를 부여할 수 있는 반면, 저 아래 있는 것은 그것이 불

가능합니다.

― 단번에 알아들을 수 있게 말해봐.

― 한마디로 말해서 주인이 있는 것과 없는 것의 차이라고 할 수 있습니다.

― 으음, 그렇군.

내가 예상한 것과 같은 대답이었다.

내가 지니고 있는 녹령은 내 통제를 따른다. 그렇지만 저 아래에 있는 것은 그 누구의 통제도 받지 않는 것이 분명했다.

― 통제되지 않는다면 어떻게 저기에 자리를 잡고 있는 것인지 모르겠군.

― 저도 그 이상은 알 수가 없었습니다. 저번에 말씀을 드린 대로 제가 해석하기는 불가능한 영역입니다.

― 알았어. 시간도 얼마 남지 않았으니 내가 한번 확인을 해 볼게. 젠은 기운의 흐름을 조정해 줘. 자칫 다른 이들이 다칠 수 있으니.

― 예, 마스터.

꺼림칙한 생각이 들어 자제를 해왔지만 이제는 확인을 해야 할 것 같다.

저 접점에 뭐가 있는지 말이다.

먼저 강의를 듣고 있는 의식을 분리해 새로운 의식을 창조해 냈다. 젠의 도움이 있어 그리 어렵지 않았다.

의식이 흐름을 타고 아주 조심스럽게 밑으로 내려갔다.

젠이 전해준 대로 접점에는 작은 구슬 같은 것이 있었다.

무한의 깊이를 담고 있는 검은색 구슬은 아주 빠르게 회전하며 의식의 흐름을 집어삼켰다가 뱉어내고 있었다.

'으음.'

직접 의식으로 관조하자 강력한 존재감이 느껴졌다. 하탄 마탑주나 엘프들을 잠식한 존재와는 비교도 할 수 없는 강대한 존재감이다.

'제기랄, 신이라는 존재의 본체일지도 모르겠군.'

검은 구슬이 나를 인식한 것이 분명하다. 점점 더 강렬한 존재감을 내 의념을 향해 뿌리고 있었다.

'이렇게 되면 의식을 분리해서는 안 된다.'

다른 이들이 위험해지겠지만 이것저것 가릴 때가 아니었다. 강의를 듣고 있는 의식을 불러들여 의념과 합쳤다.

'크으으윽!'

압박이 장난이 아니었다. 내 모든 것을 부숴버릴 것 같은 강한 압력이 몰아쳤다.

— 마스터, 마스터!

강렬한 존재감과 압박으로 인해 정신이 가물거린다. 나를 부르는 젠의 의지도 희미해져 간다.

— 마스터!! 정신 차리십시오!

갑자기 강한 의념이 전해져 왔다. 내 위기를 느낀 젠이 비상조치를 취한 덕분이다.

— 고마워, 젠. 그런데 어떻게 된 거지?

— 마스터의 기운을 끌어다 썼습니다. 한번 보십시오.

젠이 보여주는 모습을 보니 캡슐 속에 들어 있는 육체로부터 녹령의 기운이 의식 속으로 흘러들고 있다.

몸에서 흘러나온 녹령의 기운은 빛으로 화해 의식의 흐름을 타고 검은색 구슬을 감싸고 있었다.

벗어나려는 구슬의 검은 기운과 옥죄는 녹색의 기운이 치열하게 맞서고 있었다.

— 모습은 다르지만 마스터께서 가진 것과 같은 종류의 기운이 흘러나오고 있습니다.

— 같은 종류라고?

— 그렇습니다. 하지만 좀 더 본질에 가까운 것이 저 검은 기운입니다.

— 본질이라……. 어쩌면 태초의 힘일 수도 있겠구나.

— 가능성이 제일 높습니다.

— 아까처럼 저것에 사로잡히지 않으려면 일단 제압을 해야겠지.

— 공간 자체가 점점 불안정해지고 있으니 그래야 할 것 같습니다.

— 알았어.

젠의 말처럼 위험이 점점 가중되고 있기에 검은 구슬에서 흘러나오는 기운을 제압하기로 했다.

젠이 끌어다 쓰고 있는 기운의 제어권을 넘겨받아 의식을 집중했다.

'반발이 장난이 아니군.'

내 기운을 밀어내는 힘도 상당했다. 팽팽하게 밀고 밀리는 것이 반복됐다.

'점점 약해지고 있으니 시간은 내 편이다.'

반발이 만만치 않았지만 시간이 지날수록 균형추가 내게 기울고 있음이 느껴졌다. 구슬이 회전하는 속도가 줄고 있었다.

'으음, 뭐지?'

균형추가 확실히 기울었다고 느껴지는 순간, 회전하고 있던 검은 구슬의 색이 바뀌기 시작했다. 푸른색으로 변해가는 모습을 보니 혼돈에서 벗어나 속성을 띠기 시작했음을 알 수 있었다.

'커억!'

푸른색으로 완전하게 물이 드는 순간 격통이 일었다. 내게 힘을 전해주던 육체에 탈이 생긴 것이다.

'저, 저건!'

캡슐 위로 녹색과 적색의 구슬이 떠올랐다.

방금 일어난 격통은 육체를 뚫고 나온 두 개의 구슬로 인해 벌어진 상실감 때문이었다.

'뭐가 어떻게 돌아가는 거야?'

녹색과 적색의 구슬은 이내 중심부를 향해 치달았다. 중심부에 있던 청색의 구슬이 반가움을 표시하듯 부르르 떨며 두 구슬을 맞이하였고, 이내 삼재를 그리며 회전하기 시작했다.

— 젠!!

고통은 가셨지만 황당한 상황에 젠을 호출했지만 묵묵부답이다. 아무래도 연결이 끊어진 것 같다.

'제기랄!!'

내 힘의 근간을 이루던 두 가지 기운을 빼앗겨 버렸다.

태어나자마자 얻었던 적령과 수용소장의 금고에서 훔쳐 얻게된 녹령까지 말이다.

거기다가 젠과의 연결도 갑자기 끊어져 버렸다. 내 모든 것이라고 할 수 있는 것이 일순간에 사라져 버렸다.

"으아아아악!"

너무 화가 나 고함을 질렀다.

번쩍!

고함과 함께 의식과 육체가 결합했다.

그와 함께 양팔에서 열기와 냉기가 치솟아 올랐다. 잊고 있었던 천곤이 움직이기 시작했다.

열기와 냉기가 전신을 타고 흘러들었다. 고통스럽지는 않았지만 의식이 흐려진다.

경계를 넘기기 전에 일어나는 전조 현상이다

'크으윽, 이대로 넘어가는 것인가?'

아무것도 해보지 못하고 내 전부라고 할 수 있는 것들을 빼앗기니 너무 억울했다.

"안 돼!!"

내 고함을 듣기라도 한 듯 삼재를 이루고 있는 구슬들이 일제히 광채를 내뿜었다.

그와 함께 공간을 물들이는 빛 속으로 내 의식이 빨려 들어가는 것이 느껴졌다.

경계를 넘나들며 몇 번 느꼈던 익숙한 기분이다.

'젠장, 모든 것을 잃고 경계를 넘어야 하다니.'

누군가의 장난에 놀아난 것 같은 느낌이 강렬했다. 보이지 않는 누군가가 나를 조롱하는 느낌도 강하게 들었다.

'아직 끝난 것이 아니다, 미네르바!'

바이네스를 찾지 못하게 됐을 때 그녀에 대한 의심이 강하게 들었다.

신격을 가진 존재에게 내가 노출이 되었던 것은 그때가 처음이었으니 말이다.

바이네스를 잠식하고 있던 존재는 지혜의 여신이라 불리는 미네르바다.

비록 권능에 가까운 힘을 얻었다고는 하지만 한낱 인간인 내 주제에 본체는 아니라고 해도 신의 가피를 제압했다고 생각했다니, 내가 생각해 봐도 섣부른 자만심이었다.

'그리고 보면 젠도 의심이 간다.'

하탄이 남긴 것이라고는 하지만 그가 직접 젠을 전해준 것이 아니다. 다른 이를 통해 전해진 것이니 하탄이 만든 것이 아닐 가능성이 높다.

마지막에 연결이 끊어진 것도 그렇다.

뭔가 일이 있어 끊어진 것이 아닌 유대감이 완전히 단절된 것을 보면 젠 또한 미네르바의 안배일 가능성이 높았다.

'너희들은 끝났다고 생각하겠지만 아직 아니다. 내게는 아직 천곤이 남아 있으니!'

아직 끝난 것이 아니다. 내가 아직 끝내지를 않았으니까. 다시 눈을 뜨는 순간 모든 것이 변할 것이다.

비록 내가 가진 힘을 모두 빼앗기기는 했지만 얻은 것도 적지 않다.

아니, 진정한 내 힘은 빼앗기지 않았다는 것이 정답이다. 힘을 촉발시키는 정수들을 빼앗겨 잠들어 있기는 하지만 다시 깨울 수 있는 것들이다.

그리고 이곳에 와서 얻은 지식들과 다른 세계에서 얻은 것들도 그대로 있다. 지구에서 얻은 것들도 남아 있는 상황이다.

미네르바로 여겨지는 미지의 존재에게 당하기는 했지만 역전의 기회를 마련할 발판이 내게 있으니 다시 시작하면 되는 것이다.

"첫 번째 단추는 잘 꿰어진 것 같군."

중후한 톤의 목소리가 침실을 울렸다. 목소리의 주인공을 바라보는 에스미아의 눈이 요염하게 빛났다.

"나는 그저 당신이 원하는 대로 했을 뿐이지만, 제가 잘한 건가요?"

입술을 적시며 에스미아가 사나이를 바라보았다.

뭔가를 갈구하는 것 같은 그녀의 눈빛은 결코 순결의 상징이라는 하이 엘프가 보일 성질의 것이 아니었다.

"후후후, 잘했어. 아마도 네가 아프로디테의 좌를 차지한 후한 일 중에 제일 잘한 일일 거야."

"당신의 칭찬이 왜 이렇게 달콤한지 모르겠어요. 하지만 어쩐 일인지 허전하기만 하네요."

에스미아의 눈이 침울함으로 가득했다.

"잡히지 않는 것을 잡으려 하지 마라. 네가 원하는 것은 결코 잡을 수 없는 것이니."

"역시, 당신은 매정하군요."

침울한 눈빛으로 사나이를 바라보던 에스미아가 고개를 저었다. 자신이 아무리 원한다고 해도 사나이를 얻을 수 없음을 잘 알기 때문이었다.

"그래, 이 몸의 숙부는 지금 뭐하고 있나?"

"아마 자신의 계획이 성공한 줄 알고 있을 거예요. 숨겨진 전력을 둘이나 내보내고 원하는 대로 세계를 열 열쇠를 얻었으니 말이죠."

"그렇겠지. 그토록 바라던 것을 얻었으니 아주 기쁘겠지. 그나저나 그 아이는 어떻게 할 생각이냐? 신탁을 받은 것 같은데 말이야."

"빙결의 감옥에 그냥 가두어 두기로 했어요. 자칫 미네르바가 깨어나기라도 하면 골치가 아프니 말이죠."

"미네르바라면 골치가 아플 테니 잘했군. 소멸시키지 못한다면 빙결의 감옥만큼 가두어두기 좋은 곳은 없으니까. 그러면 나머지 아이들은 어떻게 할 생각이지?"

"그 아이들은 그 아이들대로 갈 길을 가겠죠. 이제 신격을 얻은 터라 각성을 할 테니까요."

"너무 방심하는 것이 아니냐?"

"각성 전에 씨앗이 심어진 아이들이에요. 각성을 하면 그들과 좋은 상대가 될 테니 염려할 것은 없어요."

"후후후, 아무리 생각해도 넌 요녀야. 한 가지에서 나왔는데도 거리낌 없이 그 아이들을 이용하다니 말이야. 네가 배신했다는 것을 알면 미쳐서 날뛸 텐데, 후후후!"

"호호호호, 모두가 당신을 위한 일인 걸요."

비아냥거리는 것임을 알면서도 에스미아는 간드러진 웃음과 함께 사나이를 껴안았다.

"에스미아, 넌 결코 나를 얻을 수 없을 것이라고 말했다."

참는 것이 힘들었는지 사나이의 목소리가 어색해졌다.

"호호호, 나는 당신의 허께비라도 좋아요. 조금이라도 당신의 체취를 느낄 수 있으니 말이죠."

에스미아는 과감히 자신의 상의를 벗어버렸다. 그녀의 살결이 불빛을 받아 대리석처럼 빛났다.

"후후후, 하찮은 것에 집착하다니……."

끌어안는 에스미아의 몸짓이 격해질수록 사나이의 목소리가 흐려졌다.

"갔군요. 하지만 다시 올 테니……."

에스미아는 허무한 눈빛으로 사나이의 눈동자를 바라보다가 이내 입술을 가져다 댔다.

격렬한 키스가 이어지고 난 후 에스미아가 입을 떼자 사나이의 입에서는 조금 전과는 다른 목소리가 흘러나왔다.

"에, 에스미아."

"황제 폐하의 총애를 받고 싶사옵니다."

"사, 사랑하오, 에스미아."

"저도 사랑하옵니다. 불을 꺼 주세요, 폐하."

"아, 알았소."

브리턴 제국의 황제는 에스미아의 간청에 손으로 신호를 보냈다.

불이 꺼진 황제의 침실에서는 진하디진한 열락의 신음 소리가 울려 퍼졌다.

"황제의 침실에는 불이 꺼졌나?"

베토스는 자신의 무릎 앞에 오체투지하고 있는 카미를 향해 물었다.

"그렇습니다, 대공. 조금 전에 불이 꺼졌습니다."

"그자는 간 모양인데 요녀가 뿌리를 뽑으려 하는군."

"아마도 그자의 환심을 사려고 하는 모양입니다."

"둘 사이는 결코 이루어질 수 없는 일이거늘. 집착이 너무 강해."

"원래 가까이 있음에도 가질 수 없다면 더욱 집착하는 법입니다, 대공."

"후후, 그렇기는 하지."

카미의 말에 베토스가 고개를 끄덕였다.

"그나저나 그 아이는 어떻게 됐나?"

"그 아이도 그자처럼 모든 것을 잃고 나락으로 떨어졌습니다. 하탄이 남긴 열쇠를 잃어버리는 순간, 모든 것을 잃은 것이나 마찬가지니 말입니다."

"마스터라고는 하나 이제 이 세계와의 인과 관계가 끊어졌으니 그럴 만도 하지. 카미, 네가 수고를 했다. 덕분에 원하던 것을 얻게 되었다."

"과찬이십니다, 대공."

카미가 더욱 고개를 숙였다.

"그런데 몽마의 수장인 환마는 어떤가? 놈도 그 아이를 노리고 있었을 텐데."

"환마는 미네르바가 눈을 뜨는 것과 동시에 센트 싸인에서 자취를 감췄습니다."

"역시 눈치가 빠른 놈이군. 자신의 본체가 드러날까 두려웠던 것이겠지."

미네르바가 눈을 뜨면 환마는 자신의 본체를 감추지 못한다. 격을 지닌 존재들의 시선이 집중되어 있는 센트 싸인이기에 힘을 잃은 그가 절대 감당할 수 없을 것이었다.

"그렇습니다. 미네르바가 눈을 뜨자 환마의 존재를 알아차린 이들이 쫓기 시작했으니 자취를 감출 수밖에는 없었을 겁니다."

"그나저나 환마 그자가 너의 정체를 알아차린 것 같더냐?"

"이제는 확실히 알 것입니다. 그리고 그동안 지켜본 바로는 제가 대공의 수하라는 것을 이미 알아차리고 있었을 가능성도 배제할 수 없습니다."

우려를 드러내는 카미의 말에 베토스는 고개를 저었다.

"하긴, 네가 그자의 의도대로 움직이지 않았으니 이미 알아차릴 수도 있었겠군. 하지만 환마가 권능을 잃어 그리 염려할 상황은 아니니 괜찮다. 권능을 잃은 존재는 쓸모없는 쓰레기나 마찬가지니 말이야."

"알겠습니다, 대공."

"미네르바는 어떻게 됐나?"

"미네르바의 좌를 차지한 아이는 빙결의 감옥에 갇힌 것으로 보입니다. 그렇지 않다면 벌써 세상에 존재감을 드러냈을 테니 말입니다."

"미네르바의 좌를 차지한 아이를 빙결의 감옥에 가두었다면 다음 일은 보지 않아도 알겠군. 나머지 좌를 차지한 아이들은 씨앗을 심고 곧바로 그곳으로 보냈을 테니."

"차원 게이트가 열린 흔적이 보였으니 대공께서 말씀하신대로 그곳으로 갔을 겁니다."

카미의 대답에 베토스가 흡족한 표정을 지었다.

"하하하, 그렇다면 놈들의 시선도 분산이 될 테니 그야말로 돌 하나를 던져 세 마리의 새를 잡은 격이로군."

"그렇습니다, 대공. 신화의 권능을 얻으신 데다, 껄끄러운 미네르바의 좌를 빙결의 감옥에 저들의 손으로 가두게 만들었고, 영웅의 전설을 이은 놈들의 시선을 다른 곳으로 돌리게 만들었으니 말입니다."

"그렇지. 하지만 아직 끝난 것이 아니야. 아마겟돈이 시작되려면 아직 멀었으니까. 전쟁이 시작되면 곧바로 경계를 넘을 테니 너 또한 만반의 준비를 갖추어야 할 것이다."

"알겠습니다, 대공."

"이제 그만 물러가도록 해라. 앞으로 네가 할 일이 많을 테니 지시한 것을 준비하고 있도록 해라."

"알겠습니다, 대공. 평안히 주무십시오."

카미는 베토스에게 오체투지한 후 뒷걸음으로 물러나 자리를 떠났다.

멀어져 가는 카미 교수를 바라보는 베토스의 눈가에 만족함이 서렸다.

'버리는 패였는데 아주 쓸 만한 놈이야. 가려운 곳을 긁어줄 줄도 알고. 하탄 마탑주를 잠식하고 있는 환마의 눈을 피하지 못해 정체가 드러난 것 같기는 하지만 최선의 결과를 이끌어 냈으니 합당한 보상을 주어야겠군. 아무리 개라지만 잘 부리려면 먹이를 주어야 하니까.'

카미에게 줄 보상은 이미 마련되어 있었다. 원하던 것을 얻는 순간 곧바로 마련을 했다.

숙소로 돌아가 준비한 보상을 발견하면 자신을 향해 절을 올릴 것임을 알기에 베토스의 얼굴에 희미한 미소가 맺혔다.

'드디어 하탄이 남긴 신화의 열쇠를 얻었다. 인과율 시스템에 접속할 수 있는 젠가이드라면 본가의 오랜 염원을 이루어줄 것이니 지금부터 철저히 준비를 해야 한다. 그 요녀가 진실을 알기 전에 말이야.'

마나 마스터인 하탄이 세상의 질서를 바로잡고자 만들었던 차원의 열쇠인 젠가이드는 아무나 얻을 수 없는 것이다.

배신으로 인해 다른 차원의 세계에 남을 수밖에 없었던 브리턴 가가 다시 귀환할 수 있는 열쇠다.

애송이가 들떠 날뛰는 것을 부추긴 덕분에 아주 손쉽게 얻을 수 있었다.

오랜만에 편히 잘 수 있을 것 같았다.

그러나 베토스는 알지 못했다.

에스미아가 준비한 함정에서 샤인이 빼앗긴 가장 중요한 것들을 그 어느 누구도 차지하지 못했음을.

제8장

8

눈을 떠 시계를 보니 7시를 가리키고 있다.

"크으, 제기랄!!"

지금까지 준비해 왔던 모든 것을 빼앗겼다. 아무리 생각해도 혼란스러울 뿐이다.

'내가 실수한 것이 뭐지? 분명히 바이네스는 내게 종속이 됐는데 말이야.'

아직은 누가 나를 노렸는지 파악이 되지 않는다.

단서라고는 나에게 정보를 제공했던 바이네스나 센트 싸인으로 이끌었던 카미 교수뿐이다.

'엘프들이 갑자기 사라져 버린 것을 파헤치다 보면 어떤 존재

가 나를 농락했는지 알 수 있을 테지만 앞으로 일이 걱정이로군.'

힘의 근원을 잃어버린 터라 판단이 잘 서지 않았다. 앞으로 어떻게 해야 할 지 막막하기만 하다.

갑갑한 마음에 머리를 흔드는데 주변이 이상하다.

'내가 잠이 들었던 곳이 아니다.'

정신을 차리고 방의 구조를 살펴보니 내가 차원 너머로 갔을 때와는 많이 달라져 있었다.

"헉!"

벽에 걸려 있는 달력을 보고 놀라지 않을 수 없었다.

달력 위에 써져 있는 선명한 연도 표시는 내가 예상한 것과는 많이 달랐다.

달력을 보니 의문이 인다. 2년이라는 시간이 지나 있는 달력이다.

'도대체 어떻게……. 지구와 브리턴의 시간의 흐름이 같았다는 것인가?'

브리턴으로 내가 떠나 있었던 2년이 넘는 시간이 고스란히 흐른 것 같다.

믿을 수는 없지만 그것이 확실하다. 천정을 수놓고 있는 격자형의 무늬가 그것을 증명했다.

천정을 격자형 무늬 안에서 밝게 빛나고 있는 형광등은 오직 한 곳에만 존재하는 것이다.

회귀 전에 나를 실험체로 쓰던 그곳!

바로 시베리아 한복판에 있던 러시아 비밀 연구소의 실험실 안에 있는 공간에만 있는 것이었다.

내가 있는 공간은 분석실에 딸린 휴식 공간이다. 연구원들이 휴식을 취하기 위해 만들어진 아담한 개인 공간에서 눈을 뜬 것이다.

찌릿!

'뭐지? 천곤이 아직 가동이 되는 건가?'

정확히 공간을 인식하자 통증이 팔목부터 타고 오른다. 천곤이 스며든 팔목이다.

천곤이 채워져 있는 곳으로부터 올라온 통증은 이내 척수를 지나 머리로 올라온다.

"크으윽!"

번쩍!!

섬광이 머릿속을 빗발쳤다.

빛줄기를 타고 흘러들어오는 막대한 정보들!

그것은 지난 시간 지구에서 벌어졌던 일들에 대한 정보였다.

"크으, 그런 건가?"

인과율 시스템을 통해 정보를 얻는 것에 익숙해진 탓에 찰나간 뇌리에 빗발친 빛줄기를 통해 모든 것을 알 수 있었다.

나는 브리턴에서 보낸 것만큼 시간이 지난 지구로 돌아와 있었던 것이다.

'지랄이로군. 내 힘의 근원을 빼앗긴 것도 모자라, 시간을 잃

어버리기까지 하다니……'

악재는 겹쳐서 찾아온다고 하더니 내가 그 꼴이다. 얻은 것 하나 없이 모든 것이 헝클어졌다.

'일단 지나간 시간들에 대해서 정확하게 인식을 해야 한다. 그렇지 않으면 인과율에 영향을 받을 테니까.'

무엇보다 무서운 것이 세계를 움직이는 인과율이다. 창조주가 만든 인과율 시스템은 자신의 의지에 반하는 존재들은 싸그리 소멸시킨다. 그것이 신이라 할지라도 말이다.

'일단은 그동안 어떤 일이 벌어졌는지 알아야 한다.'

정보를 하나하나 인식해 나갔다.

매영의 본거지에서 의학을 배운 것과 러시아의 요청으로 이 곳에 온 후에 벌어진 일들을 하나하나 인식했다.

'배웠던 지식들을 마치 내 것처럼 사용할 수가 있다니 잃어 버린 것만 있는 것은 아니었군.'

어마어마한 양의 지식이 온전히 내 것이 되어 있었다. 더군다나 센트 싸인에서 얻었던 것들도 온전히 남아 있는 것을 보면 잃어버린 것만 있는 것이 아니었다.

내게 남은 것이 무엇이 있는지 살폈다. 미칠 것만 같았는데 생각보다 나쁘지 않은 상황이다.

'잃어버린 것은 그것들뿐인가?'

태어나자마자 얻었던 적령과 수용소에서 얻은 녹령, 그리고 하탄의 유품인 젠가이드만 잃어버렸다. 다른 것들은 모두 남아 있는 상태다.

'어쩌면 다시 회복할 수 있을지도 모른다. 이곳에서 그것들만 얻을 수 있다면 힘을 회복하는 것도 문제가 아니다. 회귀 전에 분명히 신화가 전하는 권능을 실험했었으니까.'

잃어버린 시간을 인지하다 보니 힘을 다시 찾을 방법이 생각났다.

이곳 비밀 연구소에서 진행되는 실험의 결과물들을 얻게 되면 센트 싸인에서 잃어버린 것에 버금가는 힘을 되찾을 수 있을 것이다.

'그나저나 연미는 어떻게 하지? 아무래도 내가 실수를 한 것 같은데 말이야.'

비밀 연구소에는 연미와 함께 왔다. 매영의 근거지에서 함께 수학을 하는 동안 연미의 성장은 눈부셨다.

이론 쪽은 내가 훨씬 밝았지만 실험 분야에서는 연미가 월등했다. 이곳에서 분석이나 연구 방향을 잡는 것은 내가 하고, 대부분의 실험은 연미가 진행하고 있을 정도다.

'내가 연미에게 좋은 감정을 품고 있기는 하지만 그런 짓을 저지르다니······.'

연미와의 사건은 그리 오래전의 일이 아니었다. 한 달 전에 연미와의 논쟁이 붙었다.

그냥 논쟁도 아니고 천재라 불리는 나와 연미의 논쟁이었다.

밝혀진 모든 이론이 동원되었고, 아직까지 검증되지 않았던 가설들이 인용되어 사용됐다.

천재들답게 우리 두 사람간의 논쟁은 끊임없이 진행되었고, 주먹다짐처럼 치열했다.

사실 처음부터 끝날 수가 없는 논쟁이었다.

대화의 주제도 주제였지만 서로가 자신이 더 뛰어난 천재임을 자부하고 있었기에 각자의 자존심을 건 탓이다.

특히나 매영의 근거지에서 수학하면서부터 나에게 뒤진다고 생각을 하던 연미는 필사적이었다.

논쟁을 하다가 열이 받아 술까지 먹었다. 취한 상태에서도 자신의 의견을 무리 없이 펼칠 수 있어야 진정한 지식이라는 말도 되지 않는 연미의 말 때문이었다.

내기를 이용해 술기운을 날려 버리는 것은 제한되었다.

우리가 먹은 술은 독하기 그지없는 러시아산 최고급 보드카였다. 그리고 우리 둘은 남자와 여자였다. 그것도 서로에게 연모의 정을 품고 있는 상태였다.

술을 먹으며 밤새 논쟁을 하다 보니 취기가 상당히 올라 사고가 터지지 않을 수 없었다.

'제기랄! 하필 그때가 그날이었다니… 술이 떡이 돼서 내 인생에 저당이 잡히는 일이 일어나다니. 이야기라도 해주지.'

어쩔 수 없는 일이다. 그날 벌어진 일로 인해서 내가 책임을 져야 할 일이 생겼으니까.

'어차피 내가 저지른 일이나 다름없다. 힘을 얻기에 앞서 연

미와 벌어졌던 일을 수습하는 것이 우선이다.'

시간을 잃어버려 내가 의식하지 못하는 동안 벌어진 일이지만 책임을 질 것이다. 비록 의식은 브리턴으로 떠나 있었다고는 하지만 이곳에 있던 것이 내가 아닌 것은 아니니 말이다.

'나중에 할아버지와 부모님을 뵙게 되면 뭐라고 말씀을 드려야 될지 모르겠다.'

나중을 생각하면 덜컥 일을 저질러 버린 것이 걱정이다. 어린 나이에 아버지가 되게 생겼으니…….

'그래도 좋아해 주시겠지. 연미는 좋은 여자니까.'

좋게 생각하기로 했다.

비록 드세기는 하지만 연미만큼 똑똑하고 야무진 여자를 만난다는 것은 힘든 일이니까.

'그러고 보니 내가 간절히 바라던 것을 얻었다는 것을 잊었구나. 그까짓 잃어버린 힘보다 중요한 것인데.'

힘을 잃은 탓에 중요한 것을 망각했다.

내 모든 것을 걸고 찾으려 했던 부모님과 할아버지에 대한 단서를 얻었다는 사실이다.

사실 부모님을 찾을 단서는 젠을 얻으면서 얻었다.

하탄의 일대기와 그가 하고자 했던 일을 통해 부모님과 할아버지가 사라진 원인을 찾아냈다.

부모님이 돌아오지 못하는 세계로 빨려 들어간 것은 하탄의 시도로 인해 벌어진 세계의 불균형이 원인이었다.

세계를 연결하는 불확실성 때문에 차원의 연결이 어그러지면서 쌍방향 통행이 되지 않는 차원으로 이동한 탓에 다시 본래의 세계로 돌아오지 못하는 것이었다.

'아직 천곤도 있고, 다른 능력들을 활용해 힘을 찾으면 그분들을 찾을 수 있다. 지구와 연결된 차원을 찾아다니다 보면 부모님과 할아버지를 찾을 수 있을 테니까.'

힘을 다시 되찾은 후에나 가능한 일이지만 그것도 이곳에서 얻을 수 있을 테니 지금부터 최선을 다해야 할 것 같다.

시간의 흐름 사이에 벌어진 일들을 인지하며 이미 계획은 세웠다.

브리턴으로 가서는 회귀 전과 같이 남에게 이용당했지만 이번에는 그렇지 않을 것이다. 이곳에서 완전해진 다음에 움직일 테니까 말이다.

'연미를 달래야 하니 일단 나가 보자. 무작정 이곳에 있을 수도 없으니.'

휴식 공간의 문을 열고 밖으로 나갔다.

밖으로 나가니 실험실 안에서 연미가 뭔가를 조작하고 있는 중이다. 실험을 하는 움직임이 거친 것을 보니 아직도 화가 나 있는 모양이다.

'조금 전까지 논쟁을 벌이다가 화를 내며 저 안으로 들어갔었지.'

한 시간 전쯤 논쟁 끝에 나는 머리가 아파서 휴식 공간으로 들어갔고, 연미는 실험실로 향했었다.

내가 휴식 공간에서 나온 것을 본 연미가 눈을 부라리며 분석실로 들어온다.

"그렇게 댈 핑계가 없었던 거야? 삐져서 휴게실로 들어가고 말이야."

"삐진 것은 아니야. 계속되는 논쟁으로 네 감정을 상하게 하는 것이 싫어서였어."

연미는 자신의 마음을 다치게 하는 것이 싫어서였다는 말에 마음이 조금은 풀리는 모양이다.

"알았어. 도망치듯 휴게실로 간 건 용서해 주지. 그리고 말하지만, 난 그 정도로 감정이 상하지는 않아."

"그래, 알았어."

감정이 상한 것이 확실하기는 하지만 이럴 때는 져주는 것이 상책이다. 그렇지 않으면 계속 시달릴 테니 말이다.

"그나저나 어떻게 할 거야. 조금 쉬면서 생각을 정리했을 테니 말 좀 해봐."

연미가 추궁하는 것이 무엇인지 또렷하게 인식하고 있다.

오늘도 같은 궤도 위를 마주 달리는 기차처럼 대립하고 있는 중이다.

벌써 일주일간 다투고 있는 사안에 대해 서로가 합의를 보지 못했기 때문이다.

그동안 실험으로 인해 만들어진 것들에 대한 처리 문제였다.

"연미야, 피가 녹색이라고 해서 생명이 아닌 것은 아니잖아? 그렇게 처리하는 것은 너무 잔인한 것 같아."

"언제부터 우리 차훈 씨께서 이렇게 마음이 약해지셨을까? 다시 한 번 말하지만 지구상에 존재하는 생명체 중에서 녹색의 피를 가진 종은 없어."

내 주장을 받아들일 수 없었던 연미는 언제나처럼 단호하게 말했다.

'일리가 있는 말이지만 연미의 말대로는 할 수 없다.'

얼마 전 유전자 실험의 결과로 만들어진 돼지의 피에서 두 번의 추출 과정이 진행됐다. 돼지를 선택한 것은 인간의 유전자와 가깝고, 쉽게 실험이 가능하다는 이유에서였다.

단번에 성공하기 어렵다고 생각했었는데 연미 덕분에 두 번 다 성공을 했다.

유전자 조작으로 태어난 돼지들 중 원하던 결과물들을 얻은 것은 혈액을 비롯한 체액이 녹색인 돼지들이었다.

유전자 샘플은 물론이고, 완벽하게 성장할 수 있는 줄기세포도 얻을 수 있었다.

논쟁이 불거진 것은 연구 결과에 대한 처리를 어떻게 할지에 대해서였다.

연미가 주장하는 것이 억지를 쓰는 것이 아니라는 것을 알기에 샘플에 대한 처리 문제는 나로서도 고민이 아닐 수 없는 일이다.

찾아낸 로직에 따라 유전자를 조작해 수정된 돼지의 배아가 무사히 착상했을 때는 환호성을 지를 만큼 기뻤다.

그러나 우리가 만들어낸 결과물은 정말로 감당이 안 되는 것들이었다. 두 가지 샘플 모두 유전학적으로 결코 생성될 수 없는 것이었기 때문이다.

자연분만을 통해 다섯 마리의 돼지가 태어났다. 로직대로 유전자가 발현된 돼지 중에 세 마리는 매우 특이했다. 오염된 것도 아닌데 피가 녹색이었다. 검사한 결과 적혈구가 붉은 색이아니라 녹색을 띠고 있었다.

피나 체액이 녹색이기는 하지만 실험은 우리가 의도한 대로 결과가 나왔고, 대단히 성공적이었다.

문제는 그다음부터였다.

추출한 줄기세포의 분화도 그렇고, 유전자 특성이 아주 가변적이었다. 조작이 가해지지 않았음에도 자라면서 녹색의 피를 가진 돼지들이 완전히 다른 유전 형태를 보인 것이다.

전혀 예상하지 못한 결과에 당혹스러울 정도였다.

스스로 변화한다는 것은 감기 바이러스처럼 통제가 되지 않는다는 뜻이었다.

원인은 불분명한데 감기 바이러스처럼 특이한 형태로 분화되어 다른 특질을 보였다.

무엇보다 이형의 형질을 가진 다른 종의 유전자와 빠르게 결합해 새로운 세포 형질을 보인다는 것이 문제였다.

그 어떤 종과도 결합이 가능하고, 2세대를 발현시킬 유전자

형질을 만들어 낸다는 뜻이었으다.

'이종 간에도 생식이 가능하다는 확고한 증거물이나 다름없는 것이었지. 더군다나 언제 어디서 어떻게 변할지 전혀 알 수가 없게 되어버렸으니 연미가 이리 반대할 만도 하다. 하지만……'

문제점을 확실히 인지하고 있기는 하지만, 그렇다고 연미의 의견을 따라 물러나서는 안 되는 일이었다. 향후의 문제도 큰일이지만 우리에게 닥친 상황이 더욱 큰 문제이기 때문이다.

"연미야, 그럼 그것들을 뭐라고 생각하는 거야?"

"괴물이지. 그것들은 생명체가 아니야. 몬스터라고 불려야 마땅한 것들이지. 봤잖아? 어떤 상태였는지 말이야."

연미가 표독하게 쏘아붙인다.

나 또한 실험을 주관했으니 연미가 무엇을 말하려고 하는지 잘 안다.

"돼지의 몸에 인간의 말을 알아들을 수 있는 지능을 지녔다고 해서 괴물이라고 부르다니. 그건 너무 나간 것 같은데?"

"뭐가 너무 나간 거니?"

궤변으로 얼렁뚱땅 넘어갈 생각은 말라는 듯 연미가 눈을 치켜떴다.

"네가 그렇게 생각한다면 원숭이에서 유인원으로 갑자기 진화한 인간도 마찬가지였겠네. 의식 수준이 높은 존재가 당시에 있었다고 한다면 그들에게 유인원도 괴물이나 마찬가지였을 테니까 말이야."

"어떻게 그렇게 비교를 할 수 있는 거니? 그것하고는 전혀 다른 상황이야. 자연 발생적으로 진화한 것과 우리 손으로 만들어진 것하고 어떻게 같니? 무엇보다 그런 말도 안 되는 가정은 논리성을 떨어트릴 뿐이야."

인간이 누군가에 의해 돌연변이로 만들어졌다는 내 가정은 논점을 흐릴 뿐이라며 연미가 목소리를 높였다.

하지만 내 가정이 허위라는 것도 증명이 되지 않은 이야기다. 인간은 유전학적으로 너무 급격하게 변화했으니까.

"그건 모르는 일이야. 황당한 가정이기는 하지만 우리 또한 누군가의 실험으로 만들어진 존재일 수도 있어. 설사 인간이 만들어진 존재가 아니라고 하더라도 상위의 존재가 없다고는 아무도 부정할 수 없기도 하고."

"흥! 또 그 소리."

우주에 인간보다 의식 수준이 높은 존재가 있고, 그들에 의해 지구의 인간이 만들어진 것일 수 있다는 내 가설에 연미가 콧방귀를 뀌었다.

연미와의 대화에서 밀리면 언제나 전가의 보도처럼 휘두르는 자기방어 수단이지만 이제는 만성이 되었나 보다. 연미가 정색을 하고 바라보니 말이다.

하지만 그것이 사실인 것을 나는 알고 있다. 신격을 가진 존재를 이미 만나보았으니까.

"차훈아, 그만 고집 부려. 그것들은 아무 짝에도 쓸모없는 놈들이야. 만약에 그놈들이 밖으로 나가게 되면 이 세상이 어떻게 변할지 몰라. 터지기 직전의 폭탄이나 마찬가지인 놈들이니까. 그리고 무엇보다 우리는 창조주가 아니야. 세상에 내보내기 위해서 만든 것도 아니고 그저 실험이었을 뿐이야. 그러니 교배된 돼지들에서 추출한 유전자는 전부 없애야 한다는 것이 내 생각이야."

연미가 결론을 내리듯 말하고 입을 다물었다. 더 이상 자신의 생각을 바꿀 수 없다는 뜻이다.

한 번 결론을 내리면 고집불통인데 골치가 아프다.

'연미의 말대로 대부분의 유전자 조작 생물들이 현 생태계에 미치는 영향과는 비교할 바가 아닐 것이다. 위험성이 높다는 것이 이해가 가기는 하지만⋯⋯.'

연미의 말이 무슨 뜻인지 잘 알고 있다. 유출될 경우 생태계에 극히 위협적일 것이다.

이번에 조작해서 얻은 2세대의 유전자 샘플의 경우 변이할 확률이 감기 바이러스와 맞먹는다.

모체가 된 돼지뿐만 아니라 다른 생체의 유전자에도 영향을 미칠 수 있다. 그것도 아주 강력하게 말이다.

'연미에게 말해주지는 않았지만 단백질 기반의 생명체인 경우 거의 99%의 확률로 유전자를 변형시킬 수 있지. 거기다 인간과 유사한 구조까지 가지고 있어서 밖으로 유출되면 엄청난

재앙을 불러올 수 있는 상황이기도 하고.'

문제는 확실하게 인식하고 있는 중이다.

유출이 된다면, 그리고 다른 생물종과 유전자적 접촉이 일어난다면 엄청난 일이 벌어진다는 것을 누구보다 잘 알고 있다.

'그렇다고는 해도 아직은 폐기시켜서는 곤란하다. 통제할 수 있는 방법도 거의 찾아가고 있고. 이대로 폐기시킨다면 뒷감당은 온전히 우리와 가족들 몫이 될 테니까.'

연미의 말을 따라 이번에 얻은 샘플들을 없애고는 싶지만 그럴 수는 없는 상황이다.

힘을 가지고 있던 이전 시간의 나라면 모를까, 이제는 연미와 내 목숨을 지켜줄 구명줄이기 때문이다.

'그들이 원하는 이상 어차피 결과물에 대해서는 처음부터 결론이 내려진 것이나 다름없다. 만족할 만한 성과를 보여줘야 하니까. 그렇지 못하면 모두 죽는다. 아니면 지옥보다 더한 그곳으로 끌려가거나.'

처음부터 단추가 잘못 꿰어진 일이다.

겉으로는 초청 형식으로 이루어진 것과는 달리 실제로는 내의사와는 상관없이 끌려오듯 참가하게 된 것이 이번 연구다.

지도자가 뿌린 미끼를 러시아가 물었고, 합동 연구를 제안해왔다. 지도자는 암묵적인 합의를 해주고는 우리를 팔아버리듯넘겨 버린 상황이다. 원하는 것을 얻기 위해서였다.

'러시아나 그자도 우리를 돌려보내려 하지 않을 테고, 상황이 복잡하게 얽혀 있어서 쉽게 해결할 수 있는 문제도 아니다. 돌아간다고 하더라도 그자를 혹하게 할 만한 성과가 없다면 숙청이 될 가능성이 높고.'

지금 상황으로 보면 연구가 끝나도 문제가 컸다.

러시아에서는 이번 연구에 대한 정보를 절대 유출시키고 싶지 않을 것이다.

연구를 끝내면 무사히 돌아가게 해줄 것이라는 약속은 헛된 것이 될 가능성이 높았다. 나 같아도 비밀을 알고 있다면 살려두지 않을 것이다.

사실 러시아 쪽의 가능성은 두 가지다.

연구 책임자의 생각에 달라지겠지만 하나는 연구를 더 진행시키기 위해서 연구소에 잡아두는 것이고, 다른 하나는 필요가 없어져서 우리 두 사람을 지워 버리는 것이다.

'설사 러시아 쪽의 문제를 해결하고 돌아간다고 하더라도 후계자와의 문제로 인해서 살 수 있다는 보장이 거의 없는 상황이다.'

이미 군부와 당을 장악하고 있으니 최고지도자의 뒤를 이을 것이 확실한 후계자가 문제다.

아직 최고지도자를 어떻게 하지는 못하지만 그것도 시간문제다. 이미 최고지도자를 권력의 중추에서 끌어내렸으니 말이다.

더군다나 아버지와 나는 후계자의 비밀을 알고 있는 상황이다. 강제로 최고지도자를 최고의 자리에서 끌어내렸다는 것이다.

러시아로 올 때 북조선에서도 돌아온다면 영웅 대접을 해주겠다고 했지만, 처음 약속했던 것과는 다르게 진행이 될 것이라는 것을 너무도 잘 알고 있었다.

원하는 것을 얻어도 그렇고, 얻지 못한다면 후계자는 자신의 정당성을 위협하는 문제를 절대 남겨두려 하지 않을 것이다.

'이번에 얻은 샘플이면 최소한의 시간은 벌 수 있다. 나뿐만 아니라 연미까지 살릴 수 있는 시간을 말이야.'

러시아에서 원하는 대로 실험이 진행이 되고 있는 것 같지만 사실 그렇지가 않다.

미래를 대비하기 위해 연미 모르게 실험을 약간 비틀었다. 북조선의 후계자가 혹할 만한 것을 만들기 위해서였다.

유전자 샘플을 통해 만족할 만한 결과를 얻을 수 있었다.

수명 연장의 비밀을 풀었고, 거기다가 능력을 얻을 수 있는 상태까지 구현을 했다. 확실히 효과가 있는 것이니 욕심이 많은 후계자가 그것을 그냥 버릴 리는 없었다.

'후계자의 욕심만큼 시간을 벌 수 있는 것은 확실하다. 연구 내용이 뭔지 안다면 어느 누구보다 간절히 원할 테니까. 그런데 연미가 이렇게 반대를 하다니…….'

설득 자체가 쉽지는 않을 것이라 생각했지만 보기보다 더 완고하다.

만수연구소에 있을 때는 그나마 유연하게 생각하더니 이제는 원리 원칙을 반드시 지키려 하고 있으니 머리가 아프다.

'하긴, 그때하고는 사안 자체가 다르니까. 다른 계획이 있기는 하지만 그것도 연미의 협조 없이는 불가능하다. 사실을 말하고 설득을 해봐야겠군. 우리가 지금 어떤 상태인지 말이야.'

이번 실험에 가려진 진실을 조금은 알려줄 필요가 있었다.

B플랜이 있으니 그냥 연미의 의견대로 따라 주는 것도 나쁘지는 않지만 설득은 해봐야 했다.

"연미야, 네가 무슨 걱정을 하는지는 알아. 우리가 만들어 낸 것들은 절대 통제가 되지 않는다는 것을, 그리고 어떻게 해서든지 빼앗아 가려고 할 것이라는 것도."

"너도 알고 있으면서 왜 그래? 이번에 태어난 놈들 것도 그렇지만 전에 만들어 진 것도 전부 없애지 않으면 큰일이 날거야. 그리고 우리가 실험에 썼던 기구들과 분석한 자료들도 모두 폐기해야 하고."

연미가 강력하게 다시 한 번 주장을 한다.

"알아. 연미야. 나도 마음 같아서는 전부 폐기하고 싶어. 하지만 아직은 아니야. 우리는 반드시 샘플을 가지고 있어야 돼."

"차훈아, 우리가 갈아버린 그것 말이야. 그건 돼지가 아니었어. 그런데도 그 유전자 샘플을 남기자는 말이야?"

"그래. 이번에는 어쩔 수 없어. 그 샘플을 지금 폐기해서는 절대 안 돼."

"어째서 그렇게 강력하게 반대하는 거니?"

자신의 의견을 대부분 따라 주는 내가 강력하게 반대를 하자 연미가 물었다.

내가 이렇게 반대하는 것을 보면 뭔가 자신이 알지 못하는 이유가 있을 것이라는 것을 이제야 알아차린 것 같다.

내가 무엇인가 이야기하고 싶다는 것을 눈치 챈 것이다.

"연미야, 당에서 우리를 이곳에 보내면서 했던 말 기억해? 아무것도 얻지 못한다면 우리에게 남은 것이 하나도 없을 것이라고 했던 것 말이야."

"알아."

연미도 알고 있는 일이다. 내가 새삼 말하니 고개를 갸웃거린다.

'러시아에 대한 적극적인 협조를 당부하기 위해 일상적으로 한 말인 줄 알았는데, 그것이 아니었나? 대수롭지 않게 생각했는데……'

예상대로 연미는 대수롭지 않게 생각하고 있었다. 아버지가 워낙 막강한 권력자니 그럴 만도 하지만 가슴이 답답했다.

후계자에게 그런 정도의 권력을 쳐내는 것은 아무것도 아니라는 것을 연미는 모르고 있다. 그렇게 쳐내진 권력이 숙청이란 이름으로 얼마나 비참하게 변하는지도.

"연미야. 그냥 하는 말이 아니야. 사실 우리가 이 연구소에 합류한 것은 최고지도자를 위해 계획된 일이었어. 이면으로 모스크바와 합의된 일이지. 아무 성과가 없다면 책임을 져야 할 것이고, 책임을 진다는 것이 그리 쉬운 일은 아니야. 러시아나 북조선이나 연구에 어느 정도 성과가 있다는 것을 지금쯤 알아차렸을 테니까."

"우리가 평양에서 쫓겨나기라도 하는 거야?"

역시나 순진한 연미다. 특별한 보호 아래 영재로 키워졌으니 그럴 만도 하다.

"평양에서 쫓겨나는 것만으로는 끝나지 않아. 아마도 총살을 당하지 않는다면 너와 나, 그리고 가족들은 정치범 수용소로 가게 될 거야."

"저, 정치범 수용소에?"

"그래. 내 예상이 틀리지 않았다면 우리는 틀림없이 그곳으로 가게 될 거야."

"서, 설마……."

"분명히 그럴 거야. 이번 일은 최고지도자의 안위와 관련한 일이었으니까."

"정치범 수용소에 가면 어떻게 되는데?"

확실히 세상 물정을 모른다. 말을 해줘야 할지 모르겠다. 지옥인 그곳에 대해…….

하지만 연미의 마음을 돌리려면 어쩔 수 없다.

"휴우, 너는 잘 모르겠지만 정치범 수용소는 인간이 살 수 있는 곳이 아니야. 완전히 지옥 같은 곳이지."

"무슨 소리야?"

기껏해야 평양에서 쫓겨날 것이라고만 생각하던 연미다. 내말이 심각하다는 것을 느낀 연미가 눈을 동그랗게 떴다.

"정치범 수용소는 말이야. 최고지도자나 당의 목적에 반하는 사람들이 가는 곳이야. 그곳은……."

내가 정치범 수용소에 알고 있는 사실들을 천천히 이야기하기 시작했다.

정치범 수용소의 생활과 그곳에서 벌어지고 있는 참혹한 현실에 대해서였다. 나도 한동안 그곳에 있었으니 생생하게 말해 줄 수 있었다.

하루에 한 끼밖에 배급되지 않는 식량으로 인해 쥐를 잡아먹어야 했던 굶주림, 폭력을 동반한 무자비한 강제 중노동, 위안부나 다름없는 여성들의 삶까지… 전부는 아니지만 인간 이하의 대우를 받는 수용소의 실체를 말해 주었다.

"사, 사실이니?"

내 말이 연미를 경악하게 만들었나 보다. 떨리는 눈빛으로 내게 묻는다.

"연미야, 내가 한 말이 거짓말 같아? 내가 한 말은 사실이야. 실험체로서는 쓸모가 있을 테니까."

"알아. 네가 나에게 거짓말하지 않는다는 걸. 하지만 네가 그런 것들을 어떻게 아는 거야?"

믿을 수 없다는 듯 연미가 묻는다.

"후후후, 너도 알지? 내가 아버지의 양자라는 사실."

"그, 그럼?"

"그래, 아버지가 전부 감춰주셨지. 나는 열세 살까지 정치범 수용소에 있었어. 많은 사람들이 그곳에서 비참하게 죽었어. 경비병들에게 맞아서 죽거나, 굶어서 말이야."

"으으……."

"맞아서 죽는 것이 뭔지 알아? 그들은 수용된 사람들을 인간으로 취급하지 않아. 맞아서 죽은 사람들은 내장이 터지고 눈알이 튀어나온 채로 죽어. 연미야, 정치범 수용소는 그런 곳이야. 이 세상에 강림한 지옥 말이야. 크크크."

쓴웃음을 짓는 내 모습을 보며 연미가 입을 다물 줄 모른다. 지금까지 내게 들은 이야기들이 사실임을 깨달은 것이다.

"어, 어떻게 그럴 수가……."

연미가 고개를 저었다.

아마도 부정하고 싶을 것이다. 인민을 위한 공화국의 그림자 속에 가려진 실체가 보였을 테니까.

자신이 누리던 호사가 그렇게 사람들의 피 위에서 만들어진 것이라는 걸.

"연미야. 너도 능력자고 네 부모님도 능력자라는 것은 나도 알아. 하지만 능력자라도 아무 소용이 없어. 최고지도자나 후계자의 배후에 있는 세력들은 능력자들도 강제할 수 있는 힘을 가지고 있으니까. 그들은 능력자를 간단하게 보통 사람처럼 만들수 있어. 그리고 그런 사람들은 수용소에서 다른 이들보다 혹독하게 다뤄."

"설마 했는데……."

이제 연미도 간간히 들려오던 풍문이 사실임을 알았을 것이다.

아무런 성과 없이 북으로 돌아갔다가는 자신은 물론이고 가족까지 무사하지 못하다는 것도 깨달은 모양이다.

연미가 몸을 떤다. 결코 남의 일이 아닌 것을 알았을 때 찾아온 공포가 연미를 떨게 만들었다.

"차, 차훈아."

"이번에만 눈을 감자. 너와 나, 그리고 가족들을 살리기 위해서 말이야."

"으음."

연미가 신음을 삼킨다. 마음이 진정되지 않아서인지 연미의 생각이 전해져 온다.

'진짜 사실일까? 거짓말은 아닐 거야. 차훈이는 나에게만큼은 거짓말을 하지 않았으니까. 나에게 언제나 진실했기에 그날도 나도 모르게 내 몸을 허락해 버렸지. 차훈이가 믿을 수 없는 존재라면 아무리 술이 취했다고는 하지만 내 본능이 허락하지 않았을 테니 차훈이를 믿어야 되겠지. 하지만……'

선머슴 같은 연미가 어째서 나를 허락했는지 이제야 알았지만 중요한 것은 그것이 아니다.

연미는 아직까지 수용소에서 벌어진다는 일을 실감하지 못하고 있는 것 같다. 아무래도 직접 겪어본 적이 없기 때문일 것이다.

'차훈이를 믿지만 그래도 너무 위험한 일이다. 이 일로 인해 더 큰 화가 닥칠 수도 있으니까. 나뿐만 아니라 인간 세상 전체

에 말이야.'

다른 이의 마음을 읽을 수 있는 이 능력도 빼앗기지 않은 것 중 하나다.

그렇지만 생각을 읽을 수 있다는 것도 골치가 아프다. 연미의 고민이 그대로 느껴졌기 때문이다.

사실 밖으로 퍼진다면 생물 종에 지대한 영향을 미칠 수 있는 일이기에 나도 고민이 되지 않을 수 없었다. 자칫 인간이 전부 멸종할 수도 있는 일이었다.

그래서 몇 가지 방법을 마련해 두었다. 알아서 좋을 것이 없기에 연미도 모르게 준비했다.

'저렇게 갈피를 잡지 못하니……'

연미의 마음에 쐐기를 박아야 한다. 결정에 후회가 되지 않도록 말이야.

"연미야, 우리가 감춘다고 감췄지만 이 연구소를 운영하고 있는 자들은 결코 바보가 아니야."

"무슨 소리니?"

연구 섹터 내부에서는 영상이나 도청 장치는 절대 설치할 수 없게 되어 있다.

지금까지 실험했던 그 어떤 것도 외부로 빠져나간 적이 없으니 의아해 할 만하다.

"너도 알지? 저 위에서 우리가 이곳을 나갈 때마다 지켜보는 자 말이야."

"서, 설마······."

"맞아. 능력자야. 그자는 다른 이의 마음을 읽을 수 있지. 그자는 우리가 나갈 때마다 마음을 읽은 후 연구 결과를 보고하고 있어."

"나에게 로직을 알려주지 않는 것도 그래서였니?"

"맞아. 사람의 마음을 들여다 볼 수 있는 능력을 가지고 있으니 너에게 로직을 알려주면 놈들에게 모든 것을 알려주는 것이나 마찬가지여서 알려주지 않았어."

"왜 진즉에 말하지 않았니?"

"알잖아. 너는 마음을 감출 수 없었으니까."

"그렇구나."

연미도 이야기를 해주는 이유를 알아차린 모양이다.

자신으로 인해 정보가 새어 나갈까 봐서 지금에야 내가 이야기해 주는 것임을 말이다.

"그럼 대충은 우리가 뭘 만들고 있는지 알고 있겠네?"

"완벽하게 마음을 읽는 것이 아니라서 대략적인 것만 알고 있을 거야."

연구한 내용을 보고받지는 않는다. 그렇지만 확인은 할 수 있는 자들이다. 바로 사람의 마음을 읽는 초능력자를 통해서다.

이쪽 계통에서는 미국보다 앞선 자들이니 연미의 마음을 읽은 것은 아주 쉬운 일이었을 것이다.

'연구가 진행되는 동안에도 철저하기 그지없던 자들이다. 마음을 읽는 마인드 리딩이나 사물의 기억을 읽을 수 있는 싸이코메트리라면……. 차훈이의 말처럼 연구 내용이 유출이 되지 않으리라는 보장은 그 어디에도 없겠지. 실제로 마음을 읽는 능력이 있는 자가 있으니 이곳에서 한 실험들을 러시아 모르게 완벽하게 지울 수 있다는 보장도 없다. 그렇다면…….'

자신에게서 읽은 것을 토대로 보고서가 꾸준히 올라갔다는 것을 알아버렸기 때문인지 연미의 안색이 창백해졌다.

'그렇게 연구 결과가 유출되었다면 러시아가 실험한 내용을 완벽하게 재현하는 것은 문제도 아니야. 그런 실험을 하게 된다면 북에서 그것을 모를 리도 없고. 차훈이 말대로 연구 결과물을 가지고 가지 않는다면……. 정치범 수용소가 그런 곳이라면 가족들을 위해서라도 차훈이가 말한 대로 하는 것이 나을 수도 있어.'

연미의 마음이 흔들렸다. 연구 내용이 이미 유출되었다는 것과 가족을 위해서라는 내 말이 마음에 걸린 모양이다.

폐쇄된 사회에서 살고 있기는 하지만 자신이 있기까지 가족들이 얼마나 노력해 왔는지 너무도 잘 알고 있는 연미다.

'연화야, 연정아.'

이름을 부르는 것을 보니 어린 동생들도 눈에 밟힌 것 같다.

연미의 생각대로 채 꽃도 피워보지 못하고 자신 때문에 비참한 삶을 살다가 죽을 수도 있는 일이니 겁이 나는 모양이다.

'그래, 차훈이 말대로 하자. 이렇게 된 이상 일단은 가족부터 생각하자. 그것이 우선이다. 언니가 되어가지고 동생들에게 그

런 꼴을 당하게 할 수는 없지.'

연미는 결심을 굳혔다. 아무 것도 할 수 없는 지금은 그것이 최선의 방법이었다.

"알았어, 차훈아. 네가 원하는 대로 하자."

"연미야, 고마워. 내 말을 들어줘서. 그리고 모두 잘될 테니 너무 걱정하지 마."

연미가 걱정하는 일은 벌어지지 않을 것이다.

본래 자료에는 맞춰져 있지만 연미의 실험에서 중요한 내용들은 약간씩 비틀어 두었다.

정보를 얻었다고 해도 러시아에서는 아마도 제대로 된 실험을 할 수 없을 것이다.

"어떻게 할 거니?"

"이미 가지고 나갈 방법은 마련해 뒀어. 내가 모두 알아서 할 테니 너는 모른 척하기만 하면 돼."

"전에 셀 포켓을 만든 이유가 네가 직접 가지고 나가려고 그렇게 했던 거야?"

"그래."

"안 돼!"

연미가 강력하게 반대를 한다.

"내 실력 알잖아."

"그래도 안 돼. 너보다는 내가 가지고 나가는 것이 나아. 들키지 않고 샘플을 빼내려면 말이야."

연미가 내 의견을 제지한 후 자신이 하겠다고 나섰다.

"뭐! 네가? 절대 안 돼!!"

"한 번 같이 잤다고 날 보호해 주기라도 하겠다는 거야?"

연미가 날카롭게 소리를 질렀다

'젠장!'

논쟁이 한창이던 그날 술을 너무 많이 마신 것이 죄였다.

독한 보드카를 마시며 논쟁을 하다가 반박을 펼치던 연미가 너무 사랑스러워 보였던 것이 문제였다.

이번 일은 예외지만 그날부터 연미가 강하게 주장하면 뜻을 꺾어야 했다.

논리적인 사고보다는 감성적인 사고가 자신을 지배하게 된 순간부터 연미 앞에 나는 늘 약자였다.

"여, 연미야. 그날 일은 정말 미안해. 그렇지만 안 되는 것은 안 되는 거야. 어떻게 너에게……."

"그런 소리는 하지 마. 네가 미안하라고 한 말이 아니니까."

"그게 무슨 소리야?"

"사실 네가 자고 있을 때 샘플을 가지고 실험을 해봤었어."

"무슨 소리야?"

나도 모르게 실험을 했다니 화가 났다.

"나는 아무렇지 않은 것 같아서 혹시라도 위험할까 봐서 한 실험이었어."

"으음, 무슨 실험이었는데."

내가 위험할까 봐 한 것이라서 화를 낼 수도 없었다.

"성별 영향력에 대한 실험이었어. 유전자 샘플은 Y 염색체에 극렬하게 반응을 보였어."

"정말이야?"

나도 생각해 보지 못한 실험이라 정말 놀랐다.

"그래. 오늘 아침에 직접 실험을 해봤어. 염색체에 반응하는 속도가 마치 화학반응 같았어. 폭발하듯 용기를 깨버리기까지 했으니까."

"어느 정도 양이었는데?"

"셀이 겨우 두 개뿐이었어. 그런데 유리컵이 산산조각이 나는 것도 모자라서 받치고 있던 스테인리스 탁자도 완전히 구겨져 버렸어."

사실 예상하지 못했던 결과다.

아무래도 그사이 샘플이 변형을 일으킨 것 같다. 전에 실험에서는 이러지 않았다.

"으음, 그사이 돌연변이를 일으킨 건가?"

"그런 것 같아. 너무도 불안정한 유전자야. 샘플을 단백질 포켓에 넣어 몸에 주입한다고는 하지만 터지기라도 하면 네 목숨이 위험해. 네 세포와 접촉하는 순간, 펑!! 정말 모든 것이 끝나는 거야."

실감나게 양손을 위로 펼치는 연미의 모습에 심장이 움찔거린다.

'참 실감나게도 표현하네. 어차피 내가 만들려고 했던 셀 포켓은 전혀 다른 차원의 것이다. 위험하다고는 하지만 연미에게 그것을 집어넣을 수는 없지.'

남자의 염색체와 접촉하면 심각한 문제가 생길 수 있다는 소리지만 그렇다고 연미를 시킬 수는 없었다.

"그럼 네가 하려고? 그것도 위험해서 절대 안 돼. 이건 네가 뭐라고 하든 바뀌지 않으니까 그렇게 알아!"

"그럼 어떻게 하려고?"

"어떻게 변할지 모르는 상황에서 너에게 맡길 수는 없어. 새지 않는 다는 보장은 절대 없으니까 말이야. 그리고 단백질을 이용해 성염색체가 없게 셀 포켓을 만들 수 있으니 걱정하지 마."

"차훈아. 네가 날 얼마나 걱정하는지는 알아. 하지만 지금으로서는 내가 하는 것이 안정성이 더 높아."

"그런 확신을 어떻게 할 수 있는 거야?"

"내 체세포에는 반응을 하지 않았으니까."

"뭐, 뭐라고?"

"맞아, 내 체세포로 실험을 했어. 그런데 괴물 유전자는 이상하게도 내 유전자에는 반응하지 않았어. 변형도 일으키지 않고 말이야. 셀 포켓에서 샌다고 하더라도 그리 큰 문제는 생기지 않을 거야."

그리 없애자고 하면서 그런 실험을 이미 했다니, 연미도 어느 정도 예상을 한 모양이다.

‘말릴 수는 없겠구나. 그런 실험까지 한 것을 보니…….’

자신의 체세포를 이용해 시험을 했다는 말을 들으니 말릴 수 없다는 것을 알았다.

‘하지만 연미에게 그런 것을 하게 할 수는 없다. 세상이 두 쪽이 나지 않는 한 절대로!’

그렇다고 연미가 하게 둘 수는 없었다.

“그렇다면 하지 말자. 네가 하는 건 싫다.”

“네가 하자고 해놓고 이제 와서 왜 그래, 가족들을 전부 죽이고 싶어?”

“연미야!”

“내가 할 거야. 그러니 앞으로 입 다물어. 그리고 이번 일에 대해서 모두 잊어버려.”

서슬이 퍼런 연미다. 이럴 때는 정말 무섭다.

‘더 말리면 상황만 악화된다.’

고개를 끄덕이며 입을 다물어야 했다. 연미의 성질을 건드리느니 차라리 죽는 것이 났다.

연미가 나에게 모든 것을 준 그 다음날, 복날 개 맞듯이 쳐 맞아야 했다.

문제는 다음이었다. 쓸데없는 생각하지 말라며 내 아랫도리를 쳐다보는 연미의 눈은 싸늘하기 그지없었다.

한 번 같이 잤다고 쓸데없는 생각을 했다가는 고추를 떼어버린다는 말도 잊지 않았다.

한다면 하는 연미다. 그 뒤로는 손도 한 번 잡아보지 못했다. 보기와는 달리 성질이 괄괄하고 독해 실제로 내 고추를 떼어내지는 않겠지만, 지독한 고통을 주고도 남을 연미였다.

그런 성질은 지금도 변하지 않았다.

'어쩔 수 없다. 절대 말릴 수 없어 보이니까. 일단 위험성을 최대한 줄여 보자. 저번에 만들어 놓은 것이면 안정성을 서너 배는 올려줄 거다. 안정화시킨 다음에 셀 포켓에 넣으면 터진다고 해서 그리 문제가 되지도 않을 거고.'

한 번 결정하면 뒤도 돌아보지 않는 성격임을 알기에 내가 할 수 있는 것에만 매진하기로 했다.

유전자 샘플의 위험을 제거할 방법이 있으니 보관하는 셀 포켓을 강화하고, 안정화시키는 것이 지금으로서는 최선이었다.

"알았다. 하지만 셀 포켓은 내가 더 강화하는 것으로 하자. 그렇지 않으면 전부 포기할 거야. 이것만은 절대로 양보하지 못하니까 그렇게 알아."

"알았어. 그것은 네가 더 잘하니까."

말투가 부드럽다. 내가 자신의 뜻을 따르기로 해서 기분이 좋은 모양이다.

'후후후, 이쁘네.'

그런 모습을 보니 나도 기분이 좋다.

내 순정을 가져간 여자라서 그런 모양이다.

제9장

결론을 내린 후 실험에 집중했다.

이번에는 나도 실험에 참여했다. 체세포를 위한 셀 포켓을 만드는 데는 내가 더 뛰어났기 때문이다.

집중한 결과 몇 개의 셀 포켓을 만들어 냈다. 모두가 다른 형질의 셀 포켓이었다.

"차훈아, 너무 오래 있는 것 같다."

"그래, 너무 오래 있었다."

실험실에 들어온 지 벌써 다섯 시간이 지나 있었다. 논쟁이 끝날 때쯤이 퇴근할 시간이었는데 너무 오래 있은 것 같다.

"이제 나가자. 위에 있는 자들이 의심하기 전에 말이야."

셀 포켓을 만드는 것이라 진즉부터 실험 기계들이 돌지 않고 있었다.

전력 사용량이 그리 많지 않은데 오랜 시간 섹터에 남아 있으면 의심을 할 것이 빤했다.

"그래. 쓸데없이 관심을 불러일으켜서 좋을 일은 없을 테니까 말이야. 어서 올라가자."

연미의 손을 잡고 발걸음을 옮겼다. 연미의 표정을 보니 고민이 많이 가신 모양이다.

"연미야. 지금부터 외워."

"알았어. 그런데 그자가 눈치채지 않을까?"

"걱정하지 마. 네 마음을 어느 정도 읽기는 하겠지만 진실을 알지는 못 할 테니까 말이야."

"알았어."

흡수한 기억대로라면 나에게서 심법을 익힌 지 얼마 되지 않아 마음을 감추는 것이 아직은 서툰 연미다.

연미의 마음을 읽는 마인드 리딩이 가능은 하겠지만, 놈의 이지를 흐리게 할 생각이다.

'생각을 심어주면 놈은 내가 원하는 대로 보고를 하겠지. 그자에게 말이야.'

연미가 내가 알려준 구결을 외우는 것을 보며 철문 앞에 선후, 손바닥을 옆에 있는 센서에 댔다.

스르르르!

미세한 소음을 흘리며 문이 열렸다.

연구 섹터를 나선 후 복도로 나와 육각형의 허니콤 구조를 가지고 있는 통로를 따라 걸었다.

'후후후, 귀엽군.'

CCTV가 우리 둘을 쫓기 시작했지만 연미의 입술이 작게 달싹이는 것까지는 체크하지 못할 것이다.

스르르르!

움직일 때마다 격벽처럼 막혀 있던 복도의 출입문이 자동으로 열린다. 원래는 직접 열어야 하는 것이지만 지켜보는 자가 열어주고 있는 것이다.

여섯 개의 출입 장치를 지나 지상으로 올라가는 엘리베이터에 도착할 수 있었다.

엘리베이터에는 보안장치를 겸한 센서가 달려 있었고, 그 위에 손을 가져다 댔다. 이 장치만큼은 원격 조정이 되지 않게 만들어져 있다.

지상으로 향하는 엘리베이터에 올라탔다.

위—이잉!

고속 엘리베이터라서 빠르게 지상으로 올라간다.

띵!

스르르르.

지상에 도착한 후 천천히 문이 열렸다.

'언제나 똑같군.'

엘리베이터에서 내린 우리를 기다리고 있는 보안 요원이 보인다. 마치 중세의 기사처럼 특수한 마스크와 방호복으로 전신을 가리고 있어 정확히 누구인지는 알 수가 없다.

"이쪽으로 오십시오."

여전히 어렵게 느껴지는 러시아어다.

보안 요원의 안내에 따라 검사실로 들어갔다.

탁!

지이이잉!

검사실의 문이 닫히자 녹색 광선이 어지럽게 몸을 훑고 지나간다. 옷을 침투하는 것은 물론이고, 신체 내부까지 들여다 볼 수 있는 스캔 장비다.

스캔이 진행되는 동안 가만히 서 있었다.

쓸데없는 행동은 의심만 불러일으킬 뿐이다.

'후후후, 붉은 불이 켜지면 다른 곳으로 끌려가겠지.'

이상이 생길 경우 적색등이 켜지고 보안 요원이 들이닥친다.

연구가 진행되는 동안 몇 번의 유사 사건이 있었고, 그렇게 끌려간 자들의 행방은 어떻게 됐는지 알려지지 않고 있다.

사실 말은 하지 않았지만 끌려간 자들은 죽음을 맞이했을 것이라는 것이 내 생각이다.

그런 생각을 가지게 된 것은 가끔 연구용으로 들어오는 사체 때문이다.

연구소와 차로 30분 정도 떨어진 곳에 주거 단지가 있다.

구획별로 나뉘어져 있지만 먼발치에서 다른 연구원들을 볼 기회가 종종 있는데, 연구용으로 들어온 시체 중에서 얼굴이 익은 시체들이 있었다.

모두가 이곳에서 끌려 나간 자들이었다.

지하에 있는 연구실은 각 섹터로 나뉘어져 있고, 섹터별로는 완전히 차단이 되어 있는 상태다. 무엇을 연구하는지, 어떤 이가 어떤 연구에 참여하는지는 비밀에 붙여져 있다.

워낙 외진 곳이라 거주지는 한정이 되어 있다.

주거 단지에서 마주친 자들이 연구원이라는 것은 부인할 수 없는 사실이니, 연구 자료를 빼돌리려다가 죽음에 이른 이들이 연구용 시체로 들어오는 것이 틀림없는 것이다.

연구에 협조하지 않거나 연구 결과를 빼돌리려고 하면 죽어서도 빠져나갈 수 없는 곳이 바로 이곳이다.

'차훈이가 만든 셀 포켓이라면 끌려나가 모진 고문을 받다가 시체가 돼서 다시 이곳으로 오게 되는 경우는 없을 거다. 절대로 말이야.'

연미도 그런 사실을 아는 까닭에 마음이 불안한 모양이다.

삐—잉!

소리와 함께 녹색등이 켜졌다. 아무것도 가지고 나온 것이 없으니 당연한 결과다.

스르르르!

자동문이 열렸기에 다음 검사실로 이동을 해야 했다. 옆에 있는 연미가 걱정이 되어 바라보았다.

나와 눈을 마주치자 마음이 놓이는지 웃어 보인다.

'흔들리면 안 된다.'

연미의 손을 꼭 잡았다. 입술을 깨문 연미가 발걸음을 옮겼다.

통로를 지난 후 각자 들어가야 할 문 앞에 섰다. 스캔실과는 달리 이번 검사실은 혼자 들어가야 했다.

문을 열고 안으로 들어선 곳은 사방이 온통 백색인 방이었다. 방 가운데에는 역시 백색으로 된 의자가 하나 놓여 있었다.

이곳이 제일 통과하기 어려운 마의 공간이다.

일명 백색의 방은 가만히 앉아 있기만 하면 되지만, 특수한 검사를 하는 곳이다.

보안 장비가 아니라 특별한 능력을 지닌 인간이 검사를 하는 곳이기 때문이다.

인간의 뇌파를 읽을 수 있는 초능력자가 검사하는 곳으로, 뇌파가 불안정하거나 특이 파장을 보일 때 별도의 보안 검사를 받게 되어 있었다.

스캔 장비를 통해 적발된 연구원들 보다 이곳에서 적발된 연구원들이 수십 배 많을 정도니 조심해야 하는 곳이다.

'마음을 안정시켜야 한다.'

연구소에 처음 오고 나서 한 달이 지날 때까지 매번 나올 때마다 연미는 두 번째 보안 검사실에서 제지를 받았다.

보안상의 이유로 여러 가지 검사를 받아야 했으니 많이 떨릴 것이다.

　하지만 지금 연미는 나에게 배운 심법을 일으키고 있다. 의지의 씨앗을 심어 두었으니 발동하는 데는 문제가 없을 것이다.

　연미는 의자에 앉아 마음속으로 법문을 외우며 생각을 지우고 있다. 아무 생각이 없으면 그것도 문제가 되기에 그냥 평범한 생각을 하며 시간이 지나기를 기다리고 있는 중이다.

　'예상대로군.'

　놈이 이상하다는 것을 알아차렸다. 전과는 다른 패턴을 보이니 당연한 결과다.

　'나를 검사하는 놈은 예전에 제압을 해두었으니 이제는 이놈 차례다.'

　내가 있는 백색 공간을 주지하는 초능력자는 예전에 이지를 제압해 두었다. 연미의 마음을 읽는 자를 그냥 놔둔 것은 이곳을 감시하는 그자 때문이다.

　어느 정도는 연구한 내용을 알려줘야 했기에 내버려 두었지만, 이제는 아니다.

　시간이 다 된 이상 처리를 해야 한다.

　마인드 리딩을 하는 초능력자는 연미의 마음에 집중을 하느라 자신을 노리는 이가 있다는 것을 알아차리지 못하고 있다.

　연미의 뇌파와 파장을 맞추고 있으니 당연한 결과다.

　뇌파를 읽으려 하면 할수록 내 의지가 자신의 의식 속에 각인

되고 있다는 것을 상상하지도 못할 테니 말이다.

놈의 의식 속에 조작된 의지를 심었다.

놈의 파장도 확인을 했으니 다음에 검사할 때는 더욱 수월하게 놈의 의식을 조작할 수 있을 것 같다.

'검사를 끝내라.'

나를 검사하는 놈에게 의지를 실어 보냈다.

덜컹!

전면에 보이는 백색의 공간이 갈라지며 문이 열렸다. 곧바로 반응을 하는 것을 보니 염려는 없을 것 같다.

열려진 문을 나서 밖으로 나섰다.

보안 검사가 모두 끝났기 때문인지 기다리는 사람도 없는 텅 빈 공간이다.

연미가 들어간 백색 공간의 문은 아직 열리지 않았기에 기다리기로 했다.

덜컹!

문이 열렸다. 의자에서 일어난 연미가 문을 나서는 것이 보인다.

'차훈이도 무사히 끝났구나. 하긴, 심법을 알려준 것이 차훈이었으니까.'

자연스럽게 연미의 생각이 읽혀진다. 내 걱정을 하고 있었다니 기분이 좋다.

'고생했어.'

'고마워.'

마음으로 연미를 위로했다. 들리지는 않지만 내 마음을 아는 것인지 고마워하는 눈빛이다.

눈빛을 주고받은 후 연미의 손을 잡고 발걸음을 옮겼다.

연미는 모르지만 마지막 검사가 남아 있어 손을 꽉 쥐어 주었다.

'개새끼들!'

절차상 보안 검사는 모두 끝났다.

다음은 일상복으로 갈아입어야 하는 시간이다.

그것도 놈들이 비밀리에 감추어 놓은 카메라 앞에서 말이다.

차마 연미에게는 말해줄 수 없었다. 모니터링을 하고 있는 자식들에게는 반드시 대가를 치러줄 것이다.

각자 남녀로 구별된 탈의실이다. 연미의 손을 놓고 남자 탈의실로 들어갔다.

기분이 정말 나쁘지만 내색하지 않고 조용히 옷을 벗었다.

입은 옷을 점검하라고 달려 있는 거울 뒤에 있는 카메라를 박살 내버리고 싶은 마음을 꾹 눌러 참는 것도 쉽지 않은 일이다.

'그나마 속옷을 입고 있으니 다행인건가? 이런 곳까지 감시하다니, 개새끼들. 나도 한 번밖에 보지 못했는데…….'

라커를 열고 벗어 두었던 일상복을 서둘러 입었다. 거기에 모자까지 달린 두툼한 외투를 걸쳤다.

화나는 마음을 누르며 탈의실을 나섰다.

이번에도 연미는 나보다 조금 늦게 탈의실을 나왔다.

모자가 달린 두툼한 털옷을 입은 모습이 귀엽다.

'저 속에는… 젠장!'

엉뚱한 상상을 해버린 탓인지 괜히 얼굴이 붉어진다.

연미가 손을 내민다.

이제는 이곳을 나갈 시간이다.

복도를 조금 걷자 두툼한 방화문이 보인다.

스르르르!

방화문이 자동으로 열리자 로비가 나왔다.

'언제나 보는 거지만 너무 횅하군. 하긴, 이곳부터는 감시하는 것이 의미가 없으니까. 하지만 이곳부터 진짜 주의를 해야하지. 이곳부터는 그들이 있으니까.'

아무도 보이지 않지만 지금부터 가는 길에는 지극히 위험한 자들이 있다는 것을 안다.

마인드 리딩을 하는 자들은 정말 아무것도 아닐 정도로 위험한 자들이…….

"춥다. 가자!"

"그래."

연미와 함께 횅한 로비를 가로질러 출입구로 향했다.

삐—익!

삐—익!

ID 카드를 인식 장치에 가져다 대자 바깥으로 통하는 출입문이 열렸다.

　밖이 보이지 않는 검은색 유리문을 열고 건물을 밖으로 나설 수 있었다.

　'확실히 추운 곳이야, 여긴.'

　시베리아 한복판에 위치한 곳답게 매서운 추위가 뺨을 스친다. 방한이 잘 되는 옷을 입기는 했지만 바깥에 오래 있을 것이 못되는 곳이다.

　'저렇게 펑펑 내리는 눈조차도 감상의 대상이 아닌 곳이지, 여기는.'

　서치라이트 불빛 사이로 눈송이들이 시야를 어지럽게 하고 있다. 밤송이만 한 커다란 눈이다.

　연미가 아련한 눈빛으로 눈을 바라보고 있다.

　"차훈아, 또 눈이 오는구나."

　"들어올 때도 내리더니 열흘이 지난 오늘도 눈이 내리는군. 너무 춥다, 어서 가자."

　"그래, 정말 지긋지긋한 추위야."

　숙소까지는 차로 30여 분이나 걸린다. 서둘러 주차장으로 가서 차에 올라탔다.

　찰칵!

　차키를 넣고 반만 돌려 예열이 되기를 기다렸다.

　영하 40도에 가까운 추위라서 엔진이 언 탓에 곧바로 시동이 걸리지 않아서였다.

우리는 차에 타면 아무런 말도 하지 않는다.

연구 섹터와는 달리 차 안에 도청 장치가 설치되어 있다는 것을 둘 다 아는 까닭이다.

키—긱!

부르르룽!

키를 돌리자 목에 사레가 걸린 것 같은 소리가 들리니 시동이 걸렸다.

차 안에 앉아 안정적인 배기음이 들려올 때까지 엔진이 데워지기를 기다렸다.

우우우웅!

'이제는 된 것 같군.'

배기음이 균일했다. 엔진이 안정적으로 작동하는 것 같아 천천히 차를 몰고 앞으로 나갔다.

출입구를 경비하는 초소까지는 상당한 거리다. 눈이 내리는 탓에 차를 천천히 몰아 경비초소까지 갔다.

초소에 도착하자 차를 향해 소총을 겨누고 있던 경비병이 차를 멈춰 세웠다.

'초소에서 나온 지 오래된 모양이군. 우리가 섹터를 떠날 때부터 비상이었던 건가?'

얼굴은 방한 복면으로 감싸고 있는 군인의 입가에는 입김으로 인해 얼음이 맺혀 있었다.

스르르르!

비상이 걸리든 말든 내 알바가 아니었기에 차를 멈춘 후 창문을 열고 자신 있게 ID 카드를 내보였다.

경비병은 플래시를 내밀어 내 ID 카드를 확인했다.

연미 또한 무표정한 얼굴로 군인이 들고 있는 플래시 조명 아래로 ID 카드를 들이밀었다.

경비병은 ID 카드와 얼굴에 번갈아 플래시를 비추더니 자신이 들고 있는 출입자 명부에서 사진과 신원을 확인한 후 손짓을 했다.

이상이 없으니 나가도 된다는 손짓이다.

스르르르!

끼리릭!

창문을 올리는데 날카로운 소리가 들린다.

문을 가로지르는 바리케이드가 내린 눈에 언 탓인지 요란한 소리를 내며 올라가고 있었다.

부르릉!

'마지막 보안 절차라고는 하지만 마음을 놓을 수는 없지…….'

차를 출발시켰다. 경계 초소를 빠져나온 후 천천히 차를 몰았다.

잠시 후면 삼거리가 나온다. 주거 단지로 향하는 외길과 연결된 삼거리다. 차가 회전을 하는 동안 연미와 자리를 교대해야 한다. 주거지로 가기 전까지 해야 하는 일이 있기 때문이다.

연미를 바라보자 고개를 끄덕인다. 늘상 하는 일이라 말없이 교대할 준비를 한다.

연미가 조수석을 뒤로 밀었고, 공간이 확보 되었다.

속도를 늦추고 우회전을 하자 차가 천천히 미끄러지듯 앞으로 나가는 사이에 연미와 잽싸게 교대를 했다.

상당히 불편했지만 나올 때마다 하던 일이라 이제는 제법 요령이 붙어 멈추지 않고 교대를 할 수 있었다.

'두툼한 외투에 모자를 덮어썼으니 누가 운전하는지는 모를 것이다. 거기다가 이렇게 눈이 내리는 날씨라면 더욱 더.'

눈발이 차창에 달라붙어 있어 안의 모습이 전혀 보이지 않을 테니 바깥에서는 누가 운전하는지 전혀 알지 못할 것이다.

연미의 운전 솜씨가 많이 늘었다. 눈길이라 미끄러울 텐데도 흔들리지 않고 운전을 하고 있다.

혹시나 해서 나중을 대비해 운전을 배우게 했는데 제법이다.

'지금은 놈들을 파악해야 한다.'

주거지까지 가는 동안에도 감시가 붙는다. 우리가 탈출을 할지도 모른다는 생각에 붙이는 것이었다.

나는 빼앗기지 않은 능력을 사용했다. 바로 기감이다. 격술을 가르쳐 주신 아저씨께서 덤이라며 가르쳐준 것인데 잃어버린 시간 동안 지구에 있던 내가 꽤나 발전시킨 것이다.

'대단하군.'

감시하는 놈들이 장난이 아니다.

차 안에 있는 상황이고, 사방에 폭설이 내린다고는 하지만 놈들의 기척이 거의 느껴지지 않는다.

'평상시라면 500미터, 지금 상황이라면 200미터 안의 생명체는 느껴야 정상이어야 하는데 말이야. 개개인이 모두 특급 능력자라더니…….'

눈길이라서 그렇게 속도가 나지는 않지만 우리를 따라오며 기척을 완전히 감출 수 있다니 명성이 잘못된 것이 아니었다.

'생체 반응을 주변에 맞춘 것 같으니 기를 확인해 볼까?'

기감의 1단계는 생체 반응을 찾는 것이다.

체온이나 숨을 쉴 때 내뿜는 호흡에 섞인 냄새들을 찾아내는 것이라 이토록 정교한 은신능력을 가진 자들에게는 소용이 없는 것 같다.

'아무래도 기척을 죽이는 데 능숙하고 생체 반응을 주변에 맞추는 이들을 첫 번째 단계로 찾는다는 것은 버거운 일일 것 같구나. 기감의 단계를 하나 더 높이자.'

격술의 대가인 아저씨가 알려준 기감은 모두 3단계다.

첫 번째가 생체 반응을 느끼는 것이고, 두 번째가 기를 느끼는 것이다. 그리고 마지막 세 번째는 영혼력, 즉 스피릿을 느끼는 단계라는데, 아직 마지막 단계는 약간의 성취가 있을 뿐이어서 무척이나 집중을 요하기에 이런 곳에서는 펼치기 힘들다.

내가 퍼트린 파장이 조용히 차 안을 벗어나 주변으로 퍼진다. 나무들의 기가 느껴지고, 둥지에 웅크리고 은둔한 동물들의 기도 느껴진다.

심지어 떨어져 내리고 있는 눈들 속에서도 미약하나마 기가 느껴진다. 대기 상층부에서 눈이 되어 내릴 때까지 오래 머무는 탓에 기가 쌓인 것 같다.

'역시, 따라오고 있군.'

이제야 선명하다.

기가 신체 전체로 발산되는 까닭에 적외선으로 보는 것처럼 은신을 유지하며 따라오고 있는 자들이 확연히 느껴진다.

'모두 여섯이구나. 이들이 그들인가? 블리자드의 전위대인 피의 육망성이라는 헥사곤. 북조선의 흑운과 맞먹거나 더 위의 실력자들이라고 하더니……'

고구려 시대부터 이어온 매자(魅者) 집단인 매영(魅影)이나 흑운(黑雲)은 고무술과 개인이 가진 특별한 능력을 접목시킨 자들이다.

최고지도자가 북조선을 놓고 다른 이들과의 권력 투쟁에서 승리할 수 있었던 것이 매영 덕분이다.

한국전쟁 당시에 연합군에 밀리던 북조선이 중국을 끌어들일 수 있었던 것도 매영의 힘이었고, 미국의 능력자들을 막아낸 것도 매영이 있어 가능한 일이었다.

미국의 초상능력자들과 정면 대결에서 승리할 수 있는 전력을 갖춘 곳이 바로 매영인 것이다.

흑운은 그런 매영을 쓸어버리고 북조선의 권력을 지탱하는 이면 조직이 되었다. 매영보다 강한 힘을 지닌 반증이나 다름없다.

그런 흑운과 맞먹거나 보다 윗줄로 인식되고 있는 러시아의 이면 조직이 바로 블리자드다.

대략적인 규모나 능력이 알려진 매영이나 흑운과는 달리 블리자드는 대부분이 비밀에 가려져 있다.

가지고 있는 능력의 실체나 규모는 전혀 알려지지 않고 있지만, 전력이 조금이나마 드러나게 된 것은 바로 핵사곤들로 인해서다.

핵사곤이 모습을 드러낸 것은 아프가니스탄 전쟁에서였다.

이면 조직들 사이에서 블리자드가 흑운과 비교해 약간 위로 놓고 있는 이유도 아프가니스탄에서 행한 이들의 잔인한 손속 때문이기도 하다.

러시아연방은 당시 게릴라전으로 상당한 피해를 입어야 했다. 누적된 피해로 인해 어쩔 수 없이 러시아연방은 아프가니스탄 전쟁에서 철수해야 했다.

러시아연방으로서는 정말이지 굴욕적인 일이었고, 어떻게 해서든지 자신들의 위상을 회복해야 했다.

당시 러시아는 일단의 블리자드를 남겨 보복전을 감행하기로 하고 비밀 작전을 펼쳤다.

작전에 동원된 여섯 명의 블리자드만이 러시아연방군이 철군한 아프가니스탄에 남았다.

남겨진 블리자드들은 아프가니스탄 전쟁 당시 게릴라전을 이 끌어 러시아연방을 철군하게 만들었던 이슬람 성전사 200여 명을 모종의 장소로 유인했다.

국토를 유린한 자들을 응징하기 위해 이슬람 성전사들은 유인책인 것을 알면서도 기꺼이 유인을 당했다. 전력 차가 워낙 압도적이라 승리할 것임을 자신했기 때문이다.

그러나 성전사들이 예상했던 결과는 이루어지지 않았다.

유인당한 이슬람 성전사 중 그 누구도 살아서 자신의 고향으로 돌아가지 못했기 때문이다.

여섯 명의 블리자드는 자신들을 죽이러 왔던 이슬람 성전사 모두를 잔인하게 살해해 버렸다.

러시아연방군 포로들을 이슬람 성전사들이 참수해 버린 것에 대한 보복이었다.

그들은 성전사들을 모두 제압한 후 사지를 끊어 버리고 머리만 남겨둔 채 땅에 묻었다고 전해진다.

나중에 아프가니스탄 군에 의해 발견이 되었을 때 성전사들의 정수리에는 낫과 망치가 꽂혀 있었고, 사지에서 흘러나온 붉은 피가 대지를 적시고 있었다고 한다.

더군다나 이슬람 성전사들의 주검으로 러시아연방기를 재현해 자신들의 의지를 드러냈다고 하니 무척이나 잔인한 일이 아닐 수 없었다.

피를 흘려 대지를 적실 때까지 이슬람 성전사들은 살아 있었고, 마지막에 정수리를 박살내 죽인 것이니 말이다.

지금도 당시 성전사들이 묻혔던 곳을 이슬람의 이면 조직들은 치욕의 분지라 부른다.

성전사들이 러시아연방과 블리자드에 대한 복수심을 다지는 곳이 되어 있었다.

제대로 된 실력을 보여준 적이 없기 때문에 이전까지는 이름만 무성했던 조직이 블리자드였다.

수많은 작전을 수행했지만 알려지지 않았던 그들이 자신들의 이름을 공식적으로 내걸었던 최초의 작전을 통해 전력이 드러났다.

이 전투의 결과로 인해 세상은 놀라지 않을 수 없었다.

여섯 명의 블리자드들이 30배도 훨씬 넘는 이슬람 성전사들을 반나절도 되지 않는 시간에 모두 제압하고 잔인하게 살해했으니 말이다.

사실 블리자드가 상대했던 이슬람 성전사들은 나름 이름이 있는 자들이었다.

러시아연방과의 오랜 전쟁에서 실전으로 다져진 전사들이며, 이슬람에서 전해져 내려오는 비기를 익혀 일대일로는 특급 능력자라도 쉽게 상대할 수 있는 이들이 아니었다.

그러니 실전으로 다져진 아프가니스탄의 이슬람 성전사들을 아주 간단히 녹여 버린 블리자드의 실력에 세계의 이면 조직들은 경악하지 않을 수 없었던 것이다.

주먹만 한 눈송이와 칼날 같은 얼음 바람으로 설원을 온통 지옥으로 만들어 버리는 극한의 냉풍인 블리자드!

세계의 이면 조직들은 블리자드를 다시 한 번 인식하지 않을 수 없었다.

극한의 냉기처럼 모든 것을 얼려 버리는 잔혹함을 품고 있는 것이 러시아의 블리자드였다.

당시 자신들의 존재를 드러낸 여섯을 일컬어 이면 세계에 속한 사람들은 헥사곤이라 부른다.

헥사곤은 블리자드의 전위로 아주 막강한 전투력을 가진 능력자들이었다.

'상상하기 힘든 무력에다가 가공할 은신 능력까지……. 어쩌면 저들의 은신 능력이 아프가니스탄에서 그런 결과를 만들어 냈을 지도 모른다. 엄청난 눈발 속에 감춰진 은빛 칼날은 절대 보이지 않는 법이니 말이야. 그런데 어째서 그들이 이곳에 있는 거지? 블리자드는 그자의 힘으로는 절대 움직일 수 없는 것으로 알고 있는데…….'

블리자드의 능력자들이 우리를 감시하고 있다는 사실이 의외가 아닐 수 없다. 지금 상황에서 결코 이곳에 있을 만한 자들이 아닌 까닭이다.

'으음, 어쩌면 블리자드를 부리는 자들이 미하일의 흑심을 알아차린 것일 수도 있다.'

블리자드의 상부에서 비밀 연구소에서 벌어지고 있는 상황을 대략이나마 파악하고 있는 것 같다. 연구를 주관하고 있는 미하일을 의심하고 있는 것 같았다.

이번 프로젝트를 주관하고 있는 미하일은 나와 연미를 이곳으로 오게 만든 사람이기도 하다.

이번 연구를 맡긴 상부의 의도와는 달리 그가 뭔가 꾸미고 있다는 것은 예전부터 알았다.

어쩌면 자신의 목적을 달성하기 위해 의도적으로 연구에 참여한 것으로 보인다.

헥사곤이 움직인 것을 보면 아마도 미하일의 의도를 블리자드의 상부에서 알아차렸다는 내 가정이 틀리지 않을 것이다.

'헛된 힘을 쓰는 것이지만 상관은 없다. 어쩌면 잘된 일인지도 모르니까. 그나저나 잠재하고 있는 오러가 대단한 것을 봐서는 아직 선보이지 않고 있는 히든 파워가 있는 것이 분명하다. 무엇인지는 모르지만 만만치는 않아 보이니 앞으로 주의를 기울여야겠구나.'

스승님 말씀으로는 블리자드는 유전적으로 개조된 자들이라고 했다. 유전자 조작을 통해 선천적으로 가지고 있는 특별한 능력을 극대화시킨 이들인 것이다.

지금 감지되고 있는 부분은 헥사곤의 본래 가지고 있는 능력 중 극히 일부분일 가능성이 상당히 높았다.

남아 있는 능력들이 많다고는 하지만 힘의 근원을 잃어버린 나로서는 주의를 해야만 했다.

'저자들이 눈치를 챌 수도 있으니 이만 끝내야겠다.'

계속해서 주시하다 보면 내 파장을 읽을 수 있을지도 모른다. 기감을 알아차릴 가능성이 높았다. 더 이상 지켜보면 위험할 것 같아 기감을 거두어 들였다.

'지금쯤 드론이 우리를 쫓아오고 있겠지.'

연구소를 나왔다고 해서 감시가 없어진 것은 아니다.

블리자드의 감시는 극히 예외적인 일일 뿐, 연구소에서도 자체적으로 항상 우리를 감시하고 있다.

주거 단지로 향하는 동안 감시가 이어진다는 것을 연미도 알고 있다. 얼마 전에 사실을 알려줬기 때문이다.

연구소 경계 초소에서 출입자를 확인하는 동안 우리를 따라붙을 드론이 준비되었을 것이다.

거의 소음을 내지 않는 드론은 멀리 떨어져서 감시하기에 발견하기가 용이하지 않았다.

사실 내가 드론을 발견하게 된 것도 정말 우연이었다. 차를 몰다가 갑자기 소변이 마려워 침엽수림이 울창한 타이가 지대에 들어갔을 때 빠르게 날아와 나무 위를 지나치는 드론을 본 것이다.

'오늘은 적어도 세 대는 쫓아오겠군.'

그동안 지켜본 바로는 오늘 같이 눈이 내리는 날이면 최소 세 대의 드론이 따라붙는다.

GPS가 달린 차량이라 놓칠 염려는 없지만 눈으로 인해 드론이 유실될 가능성이 높아서일 것이다.

'예전에 세웠던 탈출 계획은 이제 무용지물이군.'

그동안은 드론만 염두에 뒀었다. 거리상의 문제로 인해 무력화시킬 방법을 어렵게 찾아냈는데 이제는 헥사곤이 감시하기 시작했다.

'드론의 감시를 무력화시키는 것은 어렵지 않지만 헥사곤은 쉽지 않은데… 계획을 다시 짜야겠군.'

헥사곤은 쉽게 처리할 수 있는 대상이 아니다. 어쩌면 능력자들과 전투를 해야 할지도 모른다.

'어디 보자……'

꽤나 많은 준비를 해왔다. 기존에 세워놨던 탈출 계획을 전부 바꿀 수는 없는 상황이다.

주거 단지로 가는 동안 생각을 집중했다.

앞으로 한 달 사이에 벌어지게 될 계획안에 헥사곤의 능력을 최대치로 집어넣은 후 머릿속으로 시뮬레이션을 했다.

'머리에 김이 나는 것 같구나.'

시뮬레이션의 결과는 성공적이지만 정리를 끝내자 머리가 지끈 아파온다. 고속으로 머리를 돌린 탓이다.

'겨우 이 정도 속도로 과부하가 걸리니 성취를 좀 더 높여야겠구나.'

생각의 속도를 가속화시키기 위해서는 상당히 많은 생체 에너지가 필요하다.

제때 에너지를 공급해 주지 않으면 이렇게 과부하가 걸린다. 몇 달 전부터 수련을 시작해 생체 에너지 수준이 높지 않아서 그런 것이니 노력을 더 해야 할 것 같다.

녹령과 적령을 빼앗기지만 않았어도 문제가 없었을 텐데. 그렇지만 내 생각대로만 된다면 헥사곤이 지킨다고 해도 탈출하는 것이 충분히 가능하다. 문제는 이곳을 접근 금지 구역으로 만드는 것인데… 그래야 그것들을 얻을 수 있을 테니까.'

연미와 내가 연구한 결과를 노리는 자들이 너무 많다. 자료를 모두 폐기시킨다고 해도 알아낼 방법은 무궁무진하다.

사물에서 기억을 읽는 싸이코메트리를 동원한다면 연구소에서 일어난 일들을 속속들이 알아낼 것이다.

대상체의 영혼이 남긴 잔재를 알아낼 수 있는 소울러라면 우리가 했던 생각까지도 알아낼 것이다.

연구 결과를 숨기는 것은 불가능하다는 뜻이다.

'성취가 더 높아 공간에 대한 기억을 지울 수 있다면 좋았을 테지만, 힘을 잃어버린 이상 요원한 일이다. 연구 결과를 숨기고 그것들을 얻으려면 아예 접근하지 못하도록 하는 것이 최선의 방법이다. 그렇다면 그 방법밖에는 없나?'

툭!

연구소에 아예 근접할 수 없도록 하는 마지막 방법을 생각하려는 찰나에 연미가 손으로 나를 쳤다.

'벌써 다 왔군.'

눈발 사이로 깜빡이는 불빛이 보인다.

주거 단지 외곽을 둘러싼 경계초소에 설치된 서치라이트에서 나오는 불빛이다.

조심스럽게 운전을 하고 있는 연미의 손을 잡았다. 이제는 교대를 할 차례다.

재빠르게 내 위로 넘어오는 연미의 몸을 받치면서 운전석 쪽으로 갔다.

엑셀에서 발이 떼어져 차의 속도가 약간 줄기는 했지만 멈추지 않고 자리를 바꿨다.

바깥에서 폭설이 내리는 터라 양옆 차창에도 눈이 덮여 있어 의심하지 않을 터였다.

얼마 지나지 않아 주거 단지 앞에 도착할 수 있었다.

'젠장! 기분 더럽군. 수용소도 아니고…….'

정치범 수용소의 삶 때문에 저런 공간에 트라우마가 있다.

경비병들에게 갇혀 있는 공간에 대한 두려움이 마음 깊이 각인되어 있는 것이다.

'그곳과는 비교조차 할 수 없는 곳이지만 사람을 가두어 둔다는 면에서는 마찬가지인 곳이다.'

주거 단지는 연구원들이 몰래 벗어나는 것을 막기 위해 벽돌로 쌓은 커다란 담장으로 둘러싸여 있었다.

사방 외곽에 감시할 수 있는 초소가 높게 서 있었고, 초소 안에는 감시하는 군인들이 상주하고 있다.

출입구도 오직 한 곳밖에는 없다.

기관총이 거치된 경비초소가 입구에 세워져 있었는데 자못 위협적이다.

차량은 입구의 경비초소에서 멈춰야 했다.

출입자는 들어오고 나갈 때 초소에서 항시 검문을 받도록 되어 있었다.

추위 때문에 얼굴을 두꺼운 복면으로 감싼 군인이 다가왔다.

연구소에서처럼 ID 카드를 통해 검사를 받은 후에야 단지 안으로 들어설 수 있었다.

초소를 지나 연립처럼 지어진 주택들 앞에 만들어진 주차장에 주차를 했다.

차에서 내린 후 조수석 쪽으로 갔다. 추위에 상기된 얼굴로 연미가 차에서 내렸다.

"고생했어. 춥다, 어서 들어가라."

"그래, 너도 어서 들어가. 잘 자고."

내 인사에 연미도 옅은 미소를 지으며 작별 인사를 한 후 자신에게 배당된 연립주택 안으로 들어갔다.

'미안하다.'

주거 단지로 돌아오는 길에 가끔씩 이렇게 자리를 바꿨다.

연구소와 집을 오가는 동안 내가 한 행동에 대해서 궁금할 텐데도 연미는 묻지 않았다.

도청 자체가 불가능한 연구 섹터에 있을 때도 연미는 묻지 않았다. 날 믿기에 그런 것이다.

내가 이렇게 행동하는 것에 필요한 이유가 있다는 것과 알아서는 좋을 것이 없어 자신에게 알리지 않는 다는 것을 알아준 것이다.

'궁금할 텐데도 참아줘서 고마워. 넌 내가 어떻게 해서든지 지켜줄게, 연미야. 나중에 속이 시원하게 내가 왜 이렇게 하는지 알려 줄 수 있을 거야.'

궁금할 텐데도 속이 깊어 아무것도 묻지 않는 연미가 고맙다. 나도 빠른 시일 내에 알려주고 싶다. 그때는 자유를 찾았을 테니까 말이다.

〈『그린 하트』 제6권에서 계속〉